CÍRCULO
DE POEMAS

Eurídice e outros poemas

H. D.

Organização, tradução do inglês e posfácio por

CAMILA DE MOURA

7 Hermes dos caminhos
10 O deus
13 Adônis
15 Pigmalião
18 Eurídice
24 Oréade
25 A poça
26 Nascer da Lua
27 Órion morto
29 Hermônax
31 Sitalcas
32 O tributo
44 Deméter
50 Tétis
53 Circe
56 Leda
58 Hipólito temporiza
60 Heróis do mar
63 Evadne

64 Canção
65 Fedra
67 Ela contrasta Hipólita consigo
70 Ela censura Hipólita
72 Sátiro sagrado
73 Laís
75 Heliodora
80 Helena
81 Canção do centauro
83 Tétis
88 Em Ítaca
90 Depois de Troia
91 Cassandra
94 Epigramas
95 Em Elêusis
97 Telesila
101 Lete
102 O auriga

111 POSFÁCIO
Flores, heróinas e semideuses
Camila de Moura

123 ANEXO
Um esboço de H. D.: a gata egípcia
Perdita Schaffner

129 GLOSSÁRIO
137 FONTES DOS POEMAS

Hermes dos caminhos

I

A areia dura arrebenta,
e seus grãos
são claros como o vinho.

Longe, além de suas léguas,
o vento,
brincando na praia vasta,
cumula pequenos picos,
e as ondas imensas
rebentam lá.

Mais que as multiespumosas vias
do mar, entretanto,
eu o conheço,
o dos triplos caminhos,
Hermes,
que aguarda.

Dúbio,
visando três vias,
saudando os viajantes,
ele a quem o jardim do mar
protege do oeste,
a leste
resiste ao vento do mar;
defronta as grandes dunas.

O vento investe
contra as dunas,
e a relva espessa, incrustada de sal,
responde.

Ai de mim,
ele me açoita os tornozelos!

II

É pequeno
este córrego branco,
correndo sob o solo
da colina sombreada de papoulas,
mas é doce a sua água.

As maçãs nos pés pequeninos
são duras,
pequenas demais,
amadurecidas tarde demais
por um sol desesperado
lutando através da bruma do mar.

Os ramos dos pés
foram torcidos
por tantos desatinos;
torcidos foram
os ramos de folhas pequeninas.

Mas a sombra deles
não é a sombra do alto mastro
ou das velas rasgadas.

Hermes, Hermes,
o mar imenso espumou,
rangeu os dentes ao meu redor;
mas tu aguardaste,
onde as algas se misturam com
a relva da praia.

O deus

I

Eu indaguei seu rosto:
ele é escuro,
disposto sob pesados cachos,
cingido pelos frutos rígidos da hera,
límpido,
talhado a grandes golpes de martelo,
cenho, nariz e boca,
misterioso e tão distante
do meu senso.

Eu indaguei:
poderá ele, de seus portais de ébano
lavrados com vinhedos,
voltar-se para a terra?

Eu proferi até mesmo esta blasfêmia
em pensamento:
a terra é má,
entregue ao mal,
estamos perdidos.

II

E num instante
mudaste tudo isso;

sob meus pés, as rochas
não têm peso

contra o ímpeto do ciclâmen,
seu vértice de fogo, sua ponta de marfim,
branca;

sob meus pés as rochas planas
não têm força
contra a chama roxo-escura desta flor,
ciclâmen manchado de vinho.

III

Quando estava entre as rochas nuas
onde o sal se deita,
escamado e floculante
em sua branca deriva,

pensei que eu seria a última coisa
que desejarias,
pensei que eu só aspergiria o sal
sobre as uvas maduras.

Pensei que as folhas da vinha
se contorceriam,
folha e ponta da folha
sob meu toque,

as uvas amarelas e verdes
teriam caído,
meu simples olhar a destroçar
a fruta roxa.

Eu me abrigara no sal,
eu mesma, uma concha
vazia de vida.

IV

Eu desfolho o ciclâmen,
vermelho com vermelho-vinho,
e pouso as pétalas
de rígido marfim e fogo claro
em minha carne;
agora já não tenho o poder
de recuar
pois o mar está roxo-ciclâmen,
rubro-ciclâmen, cor das uvas derradeiras,
cor do púrpura das flores,
cor-de-ciclâmen e escuro.

Adônis

I

Cada um de nós como tu
morreu uma vez,
cada um de nós como tu
atravessou a vaga de folhas do bosque,
quebradiças e curvas
e torturadas e retas
na geada invernal,
então abrasadas em pontos dourados,
acesas de volta à vida,
âmbar cristalino, escamas de folha de ouro,
ouro virado e reforjado
no calor solar;

cada um de nós como tu
morreu uma vez,
cada um de nós cruzou uma velha senda do bosque
e encontrou folhas de inverno
tão douradas no fogo solar
que mesmo as flores vivas do bosque
eram sombrias.

II

Nem o ouro no frontão do templo
onde te encontras
é dourado assim,
nem o ouro que afivela tua sandália,
nem o ouro que reflui

pelos teus cachos cinzelados
é tão dourado quanto esta folha de um ano atrás,
nem todo o ouro torcido e martelado
e batido
no rosto de seu amante,
em seu cenho e torso nu
é assim dourado:

cada um de nós como tu
morreu uma vez,
cada um de nós como tu
ergue-se só, como tu
apto a ser cultuado.

Pigmalião

I

Devo me deixar prender
em minha própria luz?
devo me deixar cindir
em meu próprio calor?
ou devo fender a rocha como outrora
e cindir meu próprio fogo
com sua superfície?

será que este fogo me trespassa
e a meu ofício,
ou minha obra ofusca esta luz?
qual é o deus,
qual é a pedra
que o deus toma para seu uso?

II

Qual sou eu,
a pedra ou a potência
que alça da terra a rocha?
serei o mestre deste fogo,
será este fogo minha força?

serei o mestre destas
espirais sucessivas de luz?
terei feito como em tempos idos,
fabricado deuses a partir da rocha?

fabriquei este fogo de mim mesmo?
ou será isto arrogância?
será este fogo um deus
que me busca na escuridão?

III

Fabriquei imagens sucessivas para meu uso,
imagem atrás de imagem, pois a graça
de Palas foi meu sílex
e meu ajudante foi Hefesto.

Fiz deus atrás de deus
se erguer da rocha fria,
fiz os deuses menos que homens
pois eu era um homem e eles, obra minha;

e o que acontece agora?
dês que o fogo agitou minha mão,
os meus esforços são pó.

IV

E o que acontece agora?
sobre minha cabeça, ergue-se o fogo,
meus mármores estão alertas:

cada um dos deuses, perfeito,
exclama de uma garganta perfeita:
és inútil,
mármore nenhum me prende,
pedra nenhuma parece.

V

Eles fundiram-se luz adentro
e eu restei desolado;
eles fundiram-se;
cada um de seu pedestal,
cada um deles se vai;

eles partiram;
que agonia pode expressar meu luto?

cada um de sua base de mármore
caminhou para dentro da luz
e meu trabalho é por nada.

VI

Serei agora a potência
que fabricou este fogo
como outrora fiz os deuses
saírem das rochas?
serei eu o deus?
ou este fogo é que me talha
para o seu uso?

Eurídice

I

Então me puxaste de volta,
eu que teria caminhado com as almas vivas
sobre a terra,
eu que teria dormido entre as flores vivas
por fim;

então por tua arrogância
e por tua crueza
fui puxada de volta
aonde pingam liquens mortos
cinzas mortas sobre musgo de pó;

então por tua arrogância
fui enfim destruída,
eu que inconsciente vivia,
que quase era esquecida;

se tivesses me deixado esperar
eu teria passado da indiferença
à paz,
se com os mortos me deixasses descansar,
teria eu te esquecido
e ao passado.

II

Aqui só há fogo sobre fogo
e preto entre vermelhos brilhos,

rajadas de preto e luz
sem mais nem cor;

por que voltaste atrás,
para que o inferno fosse reabitado
por mim, varrida
assim para dentro do nada?

por que te voltaste?
por que olhaste para trás?
por que hesitaste aquele instante?
por que curvaste teu rosto
tomado pelo fogo da terra acima,
sobre meu rosto?

o que foi que cruzou meu rosto
com a luz do teu
e do teu olhar?
o que foi que viste em meu rosto?
a luz de teu próprio rosto,
o fogo de tua própria presença?

O que tinha a oferecer meu rosto
além do reflexo da terra,
a cor do jacinto
vinda da fenda bruta na rocha
onde a luz caía,
e a cor dos crocos cerúleos
e a lúcida tez dos crocos dourados
e da flor-do-vento,
veloz em suas veias como o raio
e branca como ele.

III

Açafrão dos confins da terra,
açafrão selvagem curvado
sobre a borda afilada da terra,
todas as flores que cortam a terra,
todas as flores se foram;

tudo se perdeu,
tudo riscado de preto,
preto sobre preto
e mais que preto,
esta luz sem cor.

IV

Orlas e orlas
de crocos azuis,
crocos, cerceados contra seu próprio azul,
azul dessa terra acima,
azul das sucessivas profundezas de flores,
perdidas;

flores,
se eu pudesse uma vez ter sorvido delas meu fôlego,
bastantes delas,
mais que a terra,
ainda mais que a terra acima,
teria vindo comigo
para baixo da terra;

se eu pudesse ter apanhado da terra,
a totalidade das flores da terra,

se pudesse uma vez ter aspirado
aqueles mesmos crocos dourados
e o vermelho,
e os corações dourados do açafrão primeiro,
a totalidade maciça do ouro,
o todo da fragrância imensa,
eu ousaria enfrentar a perda.

V

Então por tua arrogância
e por tua crueza
eu perdi a terra
e as flores da terra,
e as almas vivas sobre a terra,
tu que cruzaste a luz
e chegaste
tão cruel;

tu que tens tua própria luz,
que és para ti próprio uma presença,
que não precisas de presença;

mas por toda tua arrogância
e teu relance,
eu te digo isto:

uma perda assim não é perda,
um terror assim, espirais e vertentes e ciladas
de escuridão,
um terror assim
não é perda;

o inferno não é pior que tua terra
sobre a terra,
o inferno não é pior,
não, nem tuas flores
nem tuas veias de luz
nem tua presença,
uma perda;

meu inferno não é pior que o teu
embora passes entre as flores e fales
com as almas acima da terra.

VI

Contra o preto
eu tenho mais fervor
que tu no pleno esplendor desse lugar,
contra a escuridão
e o cinza bruto
eu tenho mais luz;

e as flores,
se eu te dissesse,
desviarias de teu bom caminho
e virias ao inferno,
voltarias e olharias para trás
e eu afundaria num lugar
ainda mais terrível que este.

VII

Tenho ao menos as flores de mim mesma,
e os meus pensamentos, deus nenhum

pode tirar;
tenho o fervor de mim mesma por presença
e meu próprio espírito por luz;

e meu espírito com sua perda
sabe disso;
muito embora pequenina contra o preto,
diminuta contra as pedras informes,
o inferno terá de rachar antes que eu me perca;

antes que eu me perca,
o inferno terá de se abrir feito rosa vermelha
para que os mortos passem.

Oréade

Encrespa-te, mar —
encrespa teus pinheiros pontudos,
arrebenta teus grandes pinheiros
em nossas rochas,
lança teu verde sobre nós,
cobre-nos com tuas poças de cipreste.

A poça

Estás vivo?
Eu te toco.
Tremes feito um peixe marinho.
Cubro-te com minha rede.
O que és — estranho listrado?

Nascer da Lua

Reluzirás tu no oceano?
arrojarás tua ponta de lança
sobre a costa?
que nota nós devemos afinar?
nós temos uma canção,
nas margens partilhamos nossas flechas;
a corda solta dá a nossa nota:

Ó voo,
trá-la depressa à nossa canção.
Ela é grande,
nós a medimos pelos pinheiros.

Órion morto

(Ártemis fala.)

Os arbustos de corniso
elevam-se dos sulcos;
as raízes em suas bases
irrompem baixo entre as espigas de cevada.

Então levanta-te e me encara.
Eu estou envenenada com a fúria da canção.
Eu que outrora perfurei a carne
do cervo selvagem
agora tenho receio de tocar
o jacinto de veias azuis e douradas.

Destroçarei flores inteiras
e os carpelos pequeninos
do jacinto-das-uvas;
arrancarei a vida dos bulbos
até as camadas de marfim
caírem feito pétalas de narciso
sobre a terra escura.

Levanta-te,
para que eu não curve o freixo
num arco tenso,
e aniquile — e destroce
as raízes todas da terra.

Arde a floresta de cornisos
irrompendo entre as espigas de cevada
mas já não tenho ânimo para isso.

Eu quebro um cajado.
Eu quebro o galho duro.
Eu não tenho luz na mata.
Eu perdi o ritmo do vento.

Hermônax

Deuses do mar;
Ino,
abandonando cálidas campinas
pelo verde, cinza-verde baluarte
das grandes profundezas;
e Palêmon,
perseguidor lúcido do fosso marinho,
escutai-me.

Deixai que todos a quem ama o mar
ponham-se à frente de seu altar,
e eu
que não posso ofertar outro sacrifício
trago isto.

Partida pelas grandes ondas,
as marolas a trouxeram para cá,
esta criatura que desliza pelo mar,
esta criatura estranha feito alga,
coberta com a espuma do sal,
arrancada às saliências da rocha.

Eu, Hermônax,
lançador de redes,
arriscando a sorte,
manejando o leme,
vim a dar com ela.

Aos deuses do mar, portanto,
a dádiva do desastre marinho;
eu, Hermônax, ofereço-a
a ti, Ino,
e a Palêmon.

Sitalcas

Tua arte surge no tempo
mais bela
do que toda divindade fria
posta numa alcova sob
a costa distante da Lícia,
do que toda divindade altaneira
que jamais nos toca
aqui na relva prenhe,
eia, do que Argestes
dispersando as folhas partidas.

O tributo

I

A miséria espraia seu horrendo comprimento
entre as carroças e as patas dos asnos,
a miséria se enrosca e reabre
e rasteja sob a charrete
e a pilha de dejetos
e os cacos partidos
da praça do mercado —
ela se alonga e se enrosca
e desenrosca e retrocede
e se enrosca novamente
pelas ruas tortuosas.

A miséria degrada e torna horrenda
nossa vida — ela abafou
a batida de nossas canções,
e nossos corações esparramados,
flores — abertos, mas para aguentar
a roda do carro,
o casco do boi,
para ser o trilho das cabras.

A miséria espraia seu horrendo comprimento
entre as carroças e as patas dos asnos —
a miséria entrou e tomou nossas canções
e regateamos e trapaceamos,
louvamos tecidos usados puídos,
avaliamos moeda falsa por prata,
oferecemos dejeto por carne.

II

Enquanto bradávamos nossos produtos
junto ao trapaceiro e ao mendigo,
artigos baratos como se fossem tesouros,
e trapaceávamos, regateávamos, aprimorávamos
cada golpe baixo
e ralhávamos com o resto —

Num átimo a miséria falhou,
até mesmo a miséria da trapaça
pois uma voz
arrebatou os céus numa nota súbita,
espraiou grama aos pés dos cavalos,
e um tapete de tomilho perfumado
e rainha-dos-prados
até que os asnos ergueram suas cabeças
no ar
com o gado e as cabras estupefatos.

Ah, a miséria foi enfim trapaceada
pois uma cabeça lúcida lançada para trás
refletiu a orla de freixos
no sopé da colina,
a encosta violeta da colina,
uma cabeça lúcida lançada para trás
calou a barganha,
uma garganta revelou-se
e a gritaria calou.

Límpida, límpida —
até a couraça de nossos corações ser rompida
com as notas agudas,
nossos ódios antigos se curaram.

A miséria espraia seu horrendo comprimento
entre as carroças e as patas dos asnos,
a miséria se enrosca e retrocede
e enrosca novamente
sem nenhuma voz a refutar —
pois os garotos saíram da cidade,
as canções murcharam negras em seus lábios.

III

Desviamo-nos do mercado,
o regateador, o mendigo, o trapaceiro,
para bradar aos deuses da cidade
no espaço aberto
do templo —
adentramos o templo-espaço
para bradar aos deuses e esquecer
o clamor e a sujeira.

Voltamo-nos aos velhos deuses da cidade,
da cidade outrora abençoada
pelo dáimon e o espírito do júbilo
e o espírito do gozo,
bradamos;
que deus restou de riso tímido,
ou de finos calcanhares alados?

Que deus, que espírito lúcido será por nós,
que dáimon restou
dos tantos que apinhavam os pórticos,
que assombravam as ruas,
que deus justo
de sandália e cinto lúcido?

Embora tenhamos provado as velhas curvas da cidade
e buscado por suas velhas ruas,
embora bradássemos a seus deuses:
Ó espíritos, retornem,
adentrem novamente os portões desta cidade —
nós encontramos
um único deus,
um deus alto com uma haste,
um deus lúcido com uma lança.

IV

Expulsaram os velhos deuses da cidade:
no degrau do templo,
o povo se junta para bradar por vingança,
para cantar seus hinos e louvar
o deus da lança.

Eles baniram os deuses
e os semideuses
das ruas da cidade,
deram as costas ao deus
da encruzilhada,
ao deus da lareira,
ao deus do poço afundado
e da nascente da fonte,
escolheram um,
a ele somente
oferecem peãs e cantos.

Um único deus restou na cidade,
devemos curvar-nos a seus pés traiçoeiros?

um único deus restou na cidade,
poderá ele seduzir-nos
com seu clamor e seu grito,
capturar nossos corações em sua rede,
poderá ele cegar-nos
com a luz de sua lança?

Pudesse ele prender nosso espírito e nossa carne,
ele os acorrentaria para deitá-los
apodrecendo na grama encharcada,
e nós sabemos que seu fascínio é escória,
nós o sabemos uma luz escurecida,
e sua beleza murcha e gasta
junto a uma vida jovem que é perdida.

V

Embora ninguém da cidade se tenha voltado,
nem mesmo uma garota, senão para olhar
com desdém em nossa direção
pois nossos corações estavam tão fracos
com desespero e hesitação,
tal desprezo por nós que nossos lábios
não podiam nem cantar ao deus da lança —

Embora ninguém da cidade se tenha voltado
enquanto buscávamos pelas ruas da cidade,
e as donzelas recolhessem seus véus
e as mulheres seus vestidos
quando passávamos: —

Embora ninguém da cidade se tenha voltado
quando nos detivemos no portão da cidade,
uns poucos velhos se ergueram
com olhos que medo nenhum ou desdém
endureceriam — com lábios gastos e frágeis
sem palavras de ódio.

Uns poucos velhos se ergueram
com umas poucas mulheres tristes a nos saudar e aclamar,
uns poucos rapazes se arrastaram para nos acolher
e confortar, com sobrancelhas brancas
carregadas de esperança
como a luz circunda um ramo de oliveira.

VI

Junto a eles bradaremos a um outro,
junto a eles ficaremos à parte
para atrair algum deus à nossa cidade,
para aclamá-lo:
retorne do seu matagal,
do seu bosque ou refúgio florestal.

Ó espírito que ainda nos resta,
chamamos por ti de teu refúgio lenhoso,
bradamos:
Ó dáimon da grama,
Ó espírito das ervas e raízes,
Ó deuses das plantas da terra —

Ó deuses das ervas e gramíneas,
bradamos agora por vós desde nossos corações:

Ó, curai-nos — trazei o bálsamo para nossa doença,
retornai e aliviai-nos com cascas,
com cicuta e genciana.

Ó deus com o poder de aniquilar
a memória do terror passado,
traz galhos de erva-férrea e tufos,
da doce e da amarga grama,
traz a haste e a flor dos caniços
e agriões e hortaliças do campo.

Regressa — olha de novo por nossa cidade,
embora o povo brade pelas ruas,
embora aclamem a um outro,
tem piedade — regressa a nossos portões,
com um amor tão grande quanto o deles,
nós te rogamos
em prol de nossa cidade.

VII

Ao erguermos os carpelos lúcidos
das flores selvagens,
comparando folha com folha,
ao tocarmos a cicuta e a papoula,
sejam nossos espíritos libertados,
esquecendo o desespero e a tortura,
este terror e esta dúvida.

Ao erguermos os carpelos lúcidos
das flores selvagens,
saibamos que nossos espíritos se mantêm

como são, dobrados e cobertos,
apartados no abrigo de uma folha.

Estamos velados feito o broto da papoula
em seu invólucro,
e nossos corações irromperão do cativeiro
e se abrirão feito a folha da papoula —
folha por folha, radiantes e perfeitos
enfim no calor do verão.

Saibamos que enfim nossos espíritos
serão purgados de todo amargor —
que um só deus não pode aniquilar a terra,
mas os outros ainda vivem alhures
num sítio alto
com nossos mortos e perdidos.

VIII

Pois os garotos que nossa cidade perdeu
e os deuses ainda vivem alhures
numa cidade mais justa que esta,
com colunas e pórticos.

Pois os garotos ainda vivem alhures
e gargalham em sua alegria e gritam
seus desafios um ao outro
para a corrida descalça ou a luta corpo a corpo —

Põem-se em círculo e gargalham
e desafiam-se ao encontro mútuo
com gracejos que nenhum escudo
ou forma de estandarte ou elmo ou traje —

Que nenhum estandarte ou forma ou escudo
ou coloração de túnica ou traje
pode agora cindir ou partir seus corações
enquanto saltam para o combate
ou para a corrida se desnudam —

Os garotos das cidades foram ter
com os deuses alhures,
pois este mundo era vil demais
para sua juventude,
nossa cidade, escura demais,
nossos pensamentos, estúpidos demais para os seus,
nosso coração, para seus corações.

IX

Escolheremos, para cada menino da cidade,
uma flor ou ramo de gramínea —

Aos meninos que se apartaram,
a erudita e a poeta dedicamos
a flor-dos-ventos, o lírio ou a guirlanda
de hera e haste do croco,
e aos meninos que foram abater
com paixão e com luxúria,
damos rosas e flores de louro.

Que os meninos daquela cidade alhures
saibam do nosso amor e guardem
nossa lembrança e nos mencionem —
que suas mãos se ergam para os deuses
revisitarem a terra.

Para que os meninos das cidades
possam ainda recordar-nos,
espalhamos hastes de ligustro e o doce
lírio dos campos e bosques,
e o selvagem lírio-branco,
e o lírio flamejante,
e as rubras hastes da escarpa montanhosa.

X

Isto diremos para a lembrança,
entoaremos junto a seus nomes:

No que pôde a beleza ser morta,
golpearam-na até matá-la
em eras e eras passadas,
no que pôde a beleza ser extinta da terra,
lançaram-na fora,
raiz e caule,
dispersa e latejante —

Pisotearam-na à morte com zombarias,
trocaram-na
por moeda magra de metal jogada ao alto
para cair em falso,
despiram-na e puseram fora.

No que pôde a beleza ser arrancada e ferida,
no que pôde a beleza ser aniquilada com um pensamento,
por uma estocada de espada,
por moeda magra de metal jogada ao alto,
a beleza foi morta.

Muito, muito antes de virmos à terra,
muito antes de fendermos nossos corações
com este culto, este medo
e este espanto.

XI

No que pôde a beleza ser morta —
embora a turba de milhares passe
e rodopie e se precipite,

embora a massa de milhões se junte
para gritar e abater,

embora as hostes do povo passem,
famélicas na amargura,
e estado a estado, povo a povo,
pereçam — nós bradamos:

No que pôde a beleza ser arrancada e ferida,
ser aniquilada com um pensamento,
no que pôde a beleza ser apagada,
Ó ouro, frágil, mas vivo
nas cinzas mortas de nossa lareira —

No que pôde a beleza ser arrancada e ferida,
puseram-na à morte com zombarias
em eras e eras passadas,
no que pôde a beleza ser sacrificada
por uma estocada de espada,
por moeda magra de metal
jogada ao alto para cair em falso —

e a beleza foi morta
muito antes de conhecermos seu rosto.

Pudesse a beleza ser apagada —
Ó jovens que as cidades enviaram
para bater-se contra a força uns dos outros,
vocês é que mantiveram aceso seu fogo.

Deméter

I

Homens, fogueiras, festins,
degraus de templo, pedra-frontal, lintel,
degrau de altar claro, fogo e fim do fogo,
abate prévio,
fragmento de carne queimada,
mistério profundo, embate da mente para alcançar
o pensamento tenso,
poder e riqueza, propósito e reza,
(homens, fogueiras, festins, degraus) — tudo inútil.

Inúteis a mim que planto
pés largos num pedestal portentoso,
inúteis a mim que me sento,
larga de ombros, grande de coxas,
pesada em ouro, a pressionar
ouro contra o sólido encosto
do trono de mármore:
inúteis os dragões forjados nas armas,
inúteis as papoulas e o entremeio dourado
do ramo de trigo.

Ah, forjaram-me pesada
e grande de membros —
ela é esbelta de cintura,
de seios discretos, de muitos feitios;
são *dela* os pezinhos que puseram
sobre tantos pedestais;

a ela foi que conheceram,
com ela falaram,
para ela sorriram,
a ela capturaram
e adularam com regalos e glórias.

Mas é inútil adular
o poder portentoso
que me deram:
pois não ficarei em seu seio,
grande de membros,
por mais perfeita que seja a casca que
fabricaram para mim, esses homens!

Se eu me sento no mercado —
se sorrio, e um cenho nobre
se ergue feito o cenho de Zeus —
serei eu esposa, a dele ou de alguém,
serei eu mulher, ou deusa ou rainha,
para que um deus me aborde com sorrisos — e me deixe?

II

Se tu pedes um papiro,
pergaminho, oráculo, profecia, precedente;
se necessitas de tabuinhas marcadas com o pensamento
ou palavras cortadas na superfície do mármore,
será que buscas a elocução justa ou o transe místico?

Dorme sobre as pedras de Delfos —
desbrava as escarpas de Palas,

mas me guarda acima de tudo,
diante de ti, atrás de ti, junto de ti,
nunca esqueças quando partir
para o precipício délfico,
nunca esqueças ao buscar Palas
e encontrar em pensamento
a ti próprio arrancado de ti
feito a serpente sagrada,
nunca esqueças
em pensamento ou transe misterioso —
que eu sou maior e sou menos.

Macias são as mãos do Amor,
macias, macios seus pés;
tu que enlaçaste a murta,
terás trazido os crocos,
brancos feito a íntima
casca arrancada do salgueiro,
terás pousado
o croco negro contra os negros
cachos de uma outra?

III

De quem eu falo?
Inúmeros filhos de deuses,
mas primeiro eu tomo
Brômio, príncipe propício,
erguido de um talho na hera, um rei.

Basta de relâmpagos,
basta de contos que falam

da mãe que morre:
contos estranhos de um abrigo
ofertado ao não nascido,
basta de contos, mitos, mistérios, precedentes —
uma criança jaz na terra adormecida.

Macias são as mãos do Amor,
mas que mãos macias
fincadas no chão espinhoso,
laceradas feito a doninha branca,
feito o galgo carniceiro ou o sabujo,
terão buscado nutrição e encontrado
tão somente o crepitar da hera,
folha morta de hera e o branco
fruto, alimento para um pássaro,
não para esse que busca,
curvando a cabecinha febril,
gemendo com fôlego curto.

Ah, ramo de trigo negro,
ah, o arbusto de hera roxa,
ah, frutos que tremeram e racharam
sobre a forma logo abaixo,
quem te pariu e se foi?

Embora eu não tenha parido menino
algum em minha vida,
a criança do meu coração e espírito
é a criança que os deuses todos
desertam e a mãe na morte —
o bastardo Dioniso.

IV

O que dizer dela —
senhora da Morte?

Em forma de guirlanda dourada,
minhas mãos cingiam sua cabeça,
dedos que se empenhavam em tocar
e se tocavam onde as mechas escapavam
da tiara, feita do ouro mais tenro,
um círculo pequeno, e delgados
eram então os meus dedos.

Agora, estão forjados em ferro
para arrancar da terra
segredos; fortes para proteger,
fortes para conter o inverno
quando as trilhas invernais tão cedo
embranquecem a floresta:
fortes para quebrar o que é morto,
a árvore jovem, drenada de seiva,
a árvore velha, prestes à queda,
para erguer do leito podre
de folhas o velho
mastro do pinheiro decadente,
para empilhar tronco e nó de cipreste
e pinho e carvalho resinoso,
até que o fogo rompa o escuro
e a esperança da primavera
erga-se no coração dos homens.

O que dizer dela —
senhora da Morte —
o que dizer do beijo dele?

Ah, fortes eram seus braços para arrancar
ramos ligeiros da terra tão bela,
mãos jovens que colheram os primeiros
botões do frio narciso,
dedos macios que partiram
e ataram o caule de espinhos
à flor do acanto selvagem.

Ah, fortes eram os braços que levaram
(ah, vil o coração e ausente de graça),
mas o beijo era pouco apaixonado!

Tétis

I

No parapeito de pedra
caminharás com cuidado
entre peças de âmbar e ônix
de violeta rajado,
fundido à luz,
deixando entrever as algas
e a areia do mar embaixo,
refletindo teus pés alvos
e o vistoso cinto carmesim
feito os lírios em botão de Árion,
e o ouro que cinge teus pés.

II

Passarás
sob o disco da ilha
(e o tronco da murta,
seu alicerce talhado)
e a branca extensão
de sua branca praia,
curva como a lua crescente
ou o marfim quando esculpido
por mão sábia:
quando o sol desliza
pela borda distante,
há um raro âmbar
através do oceano,
e centelhas suas

cintilam no dorso do golfinho
em seu cabresto adornado
em seu arnês e na brida
quando ele nada por baixo.

III

Te deterás
onde as raízes do lírio-coral
enlaçam o âmbar entre
grãos de ouro e seixos de cristal
polido ou pedra roxa;
águas verdes escuras
do azul das poças abaixo;
e entre as faixas de água,
andarão teus pés a cada dia,
subindo do roxo ao azul,
do azul ao vermelho-marinho,
passo sobre passo,
cruzado em transversal,
irregular, num declive gradual,
logo íngreme e elevado
rumo à luz do sol bem alto.

IV

Quando o sol pressionar
a coroa pesada demais,
quando a aurora projetar
afabilidade em excesso,
quando te cansares ao gargalhar,
correndo da onda à crista da onda,

juntando em teu peito as flores-do-mar,
convém a ti mergulhar
na profundeza absoluta do mar,
onde não se aventura peixe grande
nem peixe pequeno brilha e zarpa,
somente as anêmonas e a flor
do tomilho selvagem do mar
cobrem as mudas muradas
da velha cidade marinha que jaz.

Circe

Foi bem fácil
curvá-los ao meu desejo,
foi bem fácil
transformá-los com um toque,
mas tu
à deriva no grande oceano,
como irei chamar-te de volta?

Cedro e freixo-branco,
cedro-da-rocha e plantas da areia
e tamarisco,
cedro vermelho e branco
e o cedro negro da floresta mais secreta,
fragrância sobre fragrância
e todo este feitiço marinho por nada.

Foi bem fácil —
um pensamento os atraiu
desde as bordas afiladas da terra;
rogaram por um toque,
imploraram pela visão de meu rosto,
suplicaram-me
até que por pena
transformei-os neles próprios.

Pantera e pantera,
e um leopardo negro
a poucos passos —
pantera negra e vermelha

e um cachorro imenso,
uma fera divinal,
cortam a areia num anel claro
e me interditam a terra,
e cobrem o som do mar
com suas goelas,
e o rugido do mar com seus latidos,
rosnados e grunhidos,
e as estrelas-do-mar
e o redemoinho de areia,
e o tamarisco-da-rocha
e a ressonância do vento —
mas não tua voz.

É bem fácil atrair os homens
dos confins da terra.
É bem fácil conjurá-los a meus pés
com um pensamento —
é belo ver a pantera alta
e o cão de caça esguio
circularem na escuridão.
É bem fácil
fabricar palácios
com fumo de cedro e freixo-branco
e recobrir as cavernas do mar
com ônix e marfim.

Eu, porém, renunciaria
às prímulas pétreas de coral
e ao quarto mais íntimo
do meu palácio na ilha
e a meus próprios dons

e a toda a região
do meu poder e magia
por um vislumbre teu.

Leda

Onde o lento rio
encontra-se com a maré,
um cisne vermelho ergue as asas vermelhas
e o bico de tom mais escuro,
e sob a plumagem roxa
de seu peito terno
desenrosca seus pés de coral.

Cruzando o roxo profundo
do calor morredouro
do sol e da névoa,
o raio firme de luz solar
acariciou
o peito escuro do lírio,
e salpicou com o ouro mais rico
sua crista dourada.

Onde o lento subir
da maré
reflui para dentro do rio
e deriva vagaroso
entre os caniços,
e ergue flores-de-lis amarelas,
ele flutua
onde a maré encontra o rio.

Ah, beijo régio —
sem mais arrependimentos
nem fundas memórias antigas

a perturbar o êxtase;
onde a junça baixa é espessa,
o dourado lírio-de-um-dia
se expande e repousa
sob o bater de asas ligeiro
do cisne vermelho
e o cálido frêmito
do peito do cisne vermelho.

Hipólito temporiza

Venero a maior primeiro —
(era tão doce, o estofado,
a dobra mais lúcida do pano
sobre o velocino molhado;
o pensamento: seus ossos
sob a carne são brancos
como a areia que na praia
cobre mas conserva a marca
das formas crescentes abaixo:
eu pensava:
entre pano e velocino,
assim jaz o corpo dela.)

Venero, primeiro, a grande —
(ah, tão doces, teus olhos —
que Deus, invocado em Creta,
deu a eles o dom de se abrirem
feito a murta da Sidônia
de súbito, amplos e lúgubres,
logo bem rápido,
tendo as pálpebras atiçado nosso coração —
tão subitamente fechados.)

Venero os pés, imaculados,
que grassam as colinas —
(são doces, atrevo-me a pensar,
sob as correntes de fecho dourado,
no ritmo, a queda e a ascensão
dos teus, talhados, ligeiros

sob faixas de ouro que mantêm
presa sua delgada beleza,
feito asas e corpos
de pássaros cativos.)

Venero a maior primeiro —
(de súbito, em meu cérebro —
o clarão de sol na neve,
a franja de luz e a deriva,
o cimo e a sombra da colina —
ah, é certo que me esqueço,
ah, esplendor, minha deusa se volta:
ou será isso o calor súbito,
sob o frêmito da carne mole,
das veias, roxas como violetas?)

Heróis do mar

Estrondo após estrondo do mar,
empenhando-se em devastar homens, litorais, continentes,
batendo-se contra o mundo, furioso,
acalma-te enfim, pois contra tua fúria
e tua insana luta,
posta-se a fila de heróis, feito deuses:

Acroneu, Ocnolo, Elatreu,
leme-de-barco, solta-leme, habitante-do-mar,
Nauteu, homem-do-mar,
Primneu, popa-do-barco,
Anquíalo, esteio-marinho,
Elatreu, haste-do-remo,
amante-do-mar, amante-da-cheia,
amante-do-mar-célere,
Ponteu, Prooreu, Oo:
Anabesíneo, arrebatado entre
o choque sucessivo das ondas;
Euríalo, vasto sargaço-do-mar,
feito Ares, morte do homem,
e Náubolo, excelente na forma,
de todos o primeiro em estatura:
feácios, trovão dos mares —
ah, estrondo após estrondo de nomes grandiosos —
domador-de-homens, auxílio-dos-homens, perfeito
[Laodamante:
e por último os filhos do grande Alcínoo,
Laodamante, Hálio, e o divino Clitôneo.

De todas as nações e cidades,
de todos os continentes,
é ela preferida entre os restantes,
pois gera homens grandiosos feito o mar,
valorosos na batalha,
em combater os elementos e o mal:
mais grandiosos ainda que o mar,
vivem depois do desastre e a morte das cidades,
e cada nome proferido, divinal,
é feito um templo em uma terra sem deus.

Ao nomear-te, porém,
perdemos o fôlego, reverentes,
fracos de dor e antigas perdas,
e de exílio e desespero —
nosso coração se parte só de dizer
teu nome, Ocnáleo —
e se podemos invocá-lo no febril sargaço
de nossa praia revolta em tempestade, Eretmeu,
nossa dor se aquieta e nosso coração é domado,
como pode ainda ser domado o mar,
e juramos lançar imensos barcos,
nomeados para cada herói,
e pás de remo, feitas de lenha do bosque
como esses homens podem tê-la talhado:
Eretmeu, e o mar é arrastado,
aturdido frente à forma majestosa,
Acroneu fez dos pinheiros as quilhas de seu barco;
para amar, para unir-se ao mar?
Ah, lá está Ponteu,
as profundezas rugem,
saudando-te qual amigo —

elas clamam por Ponteu,
e saltam para Proeu,
rápidas em beijar, enlaçar, deslizar,
amante com amada.

Que onda, que amor, que espuma,
a Oo que avança veloz feito o mar?
Ah, aquieta-te, coração, o peso
dos amantes, da solidão
me afoga,
ai de mim, se até seus nomes
pesam a ponto de partir
meu coração fatigado,
o que seriam eles,
os deuses em si,
erguendo seu bravo portento
junto ao mar jamais ceifado?

Evadne

Primeiro provei sob os lábios de Apolo
o amor e seu dulçor,
eu, Evadne;
meu cabelo feito de violetas crespas
ou do jacinto que o vento penteia para trás
através de uma saliência na rocha;
eu, Evadne,
que do deus da luz fui a consorte.

Seu cabelo era crespo a minha boca
feito a flor do croco
através de minha face,
frio feito a erva de prata
na margem do Erotos;
entre meu queixo e meu pescoço
tantas vezes correu sua boca.

Entre meu braço e meu ombro, sinto
ainda o roçar de seus cabelos,
e minhas mãos guardam o ouro que tomaram
enquanto vagavam
e vagavam pela vasta braçada de flores amarelas.

Canção

És dourada
como o grão quase maduro
que uma vez mais funde-se ao ouro,
branca como a chuva branca
que golpeia entre
as flores semiabertas
dos grandes tufos de flores
espessos sobre os galhos negros
de um tronco de maçã da Ilíria.

Pode o mel destilar tal fragrância
como teus cabelos claros —
pois tua face é alva como a chuva,
e assim como a chuva que jaz límpida
sobre um branco favo de mel
empresta radiância à cera branca,
assim teus cabelos sobre a fronte
lançam luz para uma sombra.

Fedra

Pensa, minh'alma,
na areia vermelha de Creta;
pensa na terra; as fissuras
secas de calor como o grande
dorso das serpentes do templo;
pensa no mundo que deixaste;
quando a maré invade, a terra
queimada de um azul-lagarto
onde o mar escuro encontra a areia.

Pensa, minh'alma —
que poder será que te deixou cega —
não haverá raiz-do-deserto, fruta-do-bosque,
resina-de-pinho, ou nó de abeto
conhecido capaz de ajudar a alma
tomada por uma força, um poder,
sem paixão, que não é seu?

Por isso disperso, por isso imploro,
Deuses de Creta, já antes conjurados
com perícia mais sutil;
ah, escutai minha reza:
Dai à minh'alma
o corpo que ela vestiu,
treinado para vosso pensamento,
que teve e manteve vosso poder,
feito a pétala da papoula negra,
o opiáceo da flor.

Pois uma arte jamais sonhada em Creta,
arte estranha e funesta,
num contrafeitiço desfaz meu encanto,
limita meu poder:
trago o fruto-do-pinheiro,
dai resposta à minha reza.

Basta, minh'alma —
como o negro cálice, pesado e escuro de fogo,
arde até que, a seu lado, o lúcido calor da tarde
feneça, saturado de pó —
e nesse calor de meio-dia
tornado gasto e baço,
de súbito o vento, o trovão e a chuva rápida,
até que a flor escarlate se parta
no açoite do branco granizo.

A papoula que foi meu coração,
formada para prender todo mortal,
feita para atingir e reunir os corações
como uma chama sobre um altar,
desvanece e diminui, folha rubra
lavada e torcida no frio da chuva.

Ela contrasta Hipólita consigo

Pode a chama engendrar o aço branco —
não, ela não soube encontrar
entre minhas rédeas seu abrigo;
o aço deve buscar o aço,
ou o ódio fazer da alegria
pedra de fio para uma espada;
espada contra sílex,
Teseu buscou Hipólita;
ela não cedeu nem quebrou,
espada sobre pedra,
do choque saltou faísca,
Hipólito, nascido do ódio.

O que pensou ela
quando sua força plena
foi vertida para gestá-lo;
terá partido,
de seu coração recolhido, uma canção,
uma nota sussurrada,
distante e tênue como esta:

Amor que carrego
no meu peito,
feito minha armadura que derrete,
tal é o meu coração:
feito um carvalho
que preserva sob a neve
a jovem casca fresca
até que a primavera disperse

de seus ombros
a branca neve
assim minha armadura se derrete.

Amor que carrego
no meu peito, ó, fala;
conta de como no casulo estampado de serpente
aguardam os filhotes de pássaro,
de como a coruja macia
abre e pisca com orgulho
seus imensos olhos de ave,
quando embaixo do seu peito
as crias se reviram e contraem.

Tens o poder
(ela disse então), Ártemis,
bondade para conceder
perdão por eu não ter dado trégua
ao inimigo que atirou
sua armadura sobre o musgo da floresta,
e tomou, imbatível em torneio injusto,
Hipólita que não se curvou,
nem devolveu nem procurou seus beijos.

Ela, então, rezou: Ártemis,
dá que nenhuma flor
nasça de enxerto em um caule partido,
nem escuro louro-de-fogo no topo ferido
de um choupo-da-montanha selvagem;
dá que, em meu pensamento,
eu nunca me renda mas aguarde,
suplicando ao rio branco e frio,

ao poço e ao sal da montanha:
que as minhas veias virem gelo,
até que partam
(força da praia branca,
rocha da terra montanhosa,
sempre a ti, Ártemis, dedicá-las)
de minhas rédeas
essas mãos pequenas e geladas.

Ela censura Hipólita

Ela era mesmo tão casta?

Rápido e uma rocha partida
ribomba na parede escarpada
da encosta montanhosa,
súbito e rápido
e se parte ao cair ecoando
na brecha oca
do curso seco de água:
longe, muito longe
(através do fogo eu vejo,
e do fumo das hastes secas e mortas
do cisto selvagem),
Hipólita, franzina e selvagem,
subindo a galope pela encosta
entre o imenso penedo e a rocha
e o grupo de rochas aglomeradas.

Ela era mesmo tão casta
(contemplo, nítida, esta visão,
e cada mancha nos flancos do cavalo
da saliva, o arnês e a brida,
a prata e as faixas,
forjadas em sua perfeita arte,
e o sol,
incidindo oblíquo sobre a prata lavrada,
e o pescoço em riste, as orelhas alertas,
e a cabeça de uma garota
jogada para trás e sua garganta).

Ela era mesmo tão casta —
(ah, arde, meu fogo, eu peço
da escuridão anelada de fumaça
que encerra o disco flamejante
de minha visão)
peço uma voz que me responda:
era casta, ela?

Quem saberá dizer —
o cume alquebrado das colinas
era a linha do ombro de um amante,
a curva de seu braço, a senda para as colinas,
a queda súbita e a rápida trovoada
dos penedos escarpados, o seu riso.

Ela era louca —
como nenhum sacerdote ou culto ao amante
seria capaz de conferir loucura;
o vinho que adentrou sua garganta
com o toque das rochas montanhosas
era branco, intoxicante:
ela, a casta,
foi traída pelo brilho
da luz nas colinas,
a farpa do granito nas rochas,
o toque da pedra
onde o calor se derrete
rumo ao lado escuro das rochas.

Sátiro sagrado

Sátiro sacrossanto,
feito um caprino,
com chifres e cascos
combinando com teu velocino
em marrom-acobreado,
eu teço tiaras de folhas
e uma coroa de flores de mel
para tua garganta;
onde as pétalas de âmbar
gotejam no marfim,
eu corto e insiro
cada pétala rija
na fenda
de uma pétala entalhada;
o chifre de mel
desposou a lúcida
pétala virgem do branco
ramo de flores: lábio com lábio
deixa que sussurrem
deixa que solfejem, tremulando.

Sátiro sacrossanto,
feito um caprino,
ouve esta nossa canção,
aceita nossas folhas,
oferendas de amor,
retorna nosso hino,
lança feito eco
uma doce canção,
respondendo cada nota.

Laís

Que tome em mãos o cristal
aquela que anda em Pafos,
que Pafos receba o espelho
e a obra de frutas nevadas,
maçãs de ouro dispostas
com folha de maçã prateada,
branca folha de prata
forjada com veia áurea.

Que Pafos erga o espelho
e ela olhe
no fundo do centro polido do disco.

Que Pafos receba o espelho;
teria ela pressionado
florzinhas da flor-de-fogo
contra o branco lustroso
de sua fronte branca?
teriam suas veias escuras
um roxo mais profundo
que a tintura vinho-profundo
da própria flor escura?

Teria ela adornado seus cabelos negros
uma tarde com a flor branco-invernal
dos azevinhos,
teria olhado (ausente seu amante)
para um rosto agora pálido
sob o rosário
do branco hálito virginal?

Laís, exultante, tiranizando a Grécia,
Laís que mantinha seus amantes no pórtico
amantes e mais amantes à espera
(para ajoelhar-se tão somente
onde a túnica roçou a soleira
onde dorme ainda Laís),
então ela, Laís, ajoelha-se,
para depor seu espelho aos pés
daquela que reina em Pafos.

Laís deixou seu espelho
pois já não vê em seu fundo
o próprio eu de Laís
que gargalhava exultante
tiranizando a Grécia.

Laís deixou seu espelho,
pois já não chora mais ela,
encontrando no fundo dele
uma face, porém outra
que o escuro fogo e o branco
traço do mármore perfeito.

Laís deixou seu espelho
(assim escreveu alguém),
para aquela que reina em Pafos;
Laís que gargalhava, uma tirana sobre a Grécia,
Laís que enxotava os amantes do pórtico,
esse enxame para o qual agora
Laís já não tem mais uso;
Laís já não ama o vítreo cristal,
pois não vê mais o seu rosto tal como foi um dia,
tentando ver esse rosto e encontrando este.

Heliodora

Ele e eu sondávamos juntos,
sobre a mesa salpicada,
rimas e flores,
dons para um nome.

Ele disse, entre outras,
“eu trarei”
(e a frase era boa e justa,
mas não tanto quanto a minha)
“o narciso que ama a chuva”.

Perseguíamos um nome,
enquanto a luz da lâmpada se extinguia
e de fora a aurora entrava,
um fantasma, a última na festa
ou a primeira
a instalar-se
com os dois que ali restavam
a fazer trocadilhos em flores e versos
com o nome de uma garota.

Ele disse, “a chuva, amável”,
eu disse, “o narciso, embriagado,
embriagado com a chuva”.

Eu perdera, porém,
pois ele disse,
“a rosa, a dádiva do amante,
é amada com amor”,

ele disse assim,
“amada com amor”;
eu esperava, enquanto ele falava,
ver o quarto se encher de uma luz,
como quando no inverno
as brasas se acendem ao vento
quando o cômodo está úmido;
assim, eu pensava, nosso quarto
se encheria de uma luz
quando dissesse
(e ele disse primeiro),
“a rosa, o júbilo do amante,
é amada com amor”,
mas a luz era a mesma.

Então ele percebeu,
vendo o fogo em meus olhos,
meu fogo, minha febre, talvez,
pois inclinou-se
com o vinho roxo
estampado em sua manga,
e disse isto:
“você já pensou que
a boca de uma garota
presa num beijo
é um lírio risonho?”.

Eu não havia pensado.
Via-o agora
como o veriam para sempre desde então;
nenhum poeta poderia já escrever
“o lírio-vermelho,

o riso de uma garota preso num beijo";
coube a ele despejá-lo no tonel
de que sorvem e se servem os poetas,
pois os poetas são irmãos nisso.

Então eu vi o fogo em seus olhos,
era quase o meu fogo
(ele era mais novo),
eu vi o rosto tão branco,
meu coração bateu,
era quase a minha frase;
eu disse, "surpreende as musas,
toma-as de surpresa;
é tarde,
ou melhor, é o nascer da aurora,
e essas moças dormem, as nove,
amantes de nosso rei".

Um nome para rimar,
flores para ofertar a um nome,
como pode uma garota tímida e fraca,
com os olhos feito a murta
(eu disse: "suas pálpebras
são quase como a murta"),
competir com as nove?

Que ele fique com o nome,
pois as rimas, já as tinha,
"a rosa, amada com amor,
o lírio, uma boca risonha",
ele detinha o dom,
"o croco oloroso,

o jacinto roxo",
o que era uma garota contra as nove?

Ele disse:
"Criarei para ela uma coroa";
ele disse:
"Escreverei, portanto, assim:

Trarei para ti o lírio que ri,
enlaçarei
ao terno narciso a murta,
o doce croco, a violeta branca,
o jacinto púrpura, e, por fim,
a rosa, amada-com-amor,
que elas possam infundir em teus cabelos
todas as flores menos ternas,
e mesclar dulçor ao dulçor
dos cachos de Heliodora,
crespos de mirra."

(Ele escreveu crespos de mirra,
eu creio, primeiro.)

Eu disse:
"elas dormem, as nove",
ele então gritou, célere e apaixonado:
"basta com as nove!
sobre as colinas
o sol quase desperta,
e hoje violetas brancas
reluzem junto a lírios brancos
à deriva na encosta montanhosa;

hoje abre-se o narciso
que ama a chuva".

Segui-o até a porta,
pegando seu robe,
quando a taça de vinho foi ao chão
derramando borras úmidas
(ah, seu jacinto púrpura!),
acompanhei-o até a porta
e pensei:
jamais haverá poeta,
em todos os séculos que se sigam,
que ouse escrever
como o verso do meu amigo,
"a boca de uma garota
é o beijo de um lírio".

Helena

A Grécia inteira detesta
os olhos imóveis sob a branca testa,
o esplendor como o das olivas
onde ela se levanta,
e as mãos brancas.

A Grécia inteira injuria
o rosto pálido quando ela sorri,
odiando-o mais ainda
quando fica branco e lívido,
rememorando velhos encantos
e males antigos.

A Grécia observa, impassível,
a filha de Deus, do amor nascida,
a beleza de pés frios
e joelhos tão esguios,
poderia de fato amar a donzela
se ela apenas fosse deitada,
cinza branca entre fúnebres ciprestes.

Canção do centauro

Agora que o dia findou,
agora que a noite se esgueira tão terna
e escurece nos ouriços da castanheira
o radiante espinho da flor,
ó dulçor, até que a alvorada
irrompa entre os galhos
de nosso pomar,
descansa tu neste abrigo
de lenha de vime e abrolho.

Elas caem,
as flores da maçã;
graça mais terna não tem Afrodite
no céu mui distante,
nem em ritmo tão belo
abrem-se as pétalas da flor
quando teu rosto baixa,
quando, hálito com hálito,
tua boca vaga
da minha boca sobre o meu rosto.

O que tenho eu ainda
a te oferecer neste lugar,
já doce com violetas?
(aquelas que trouxeste
com os feixes da primeira relva,
bálsamo de campos e florestas,
atiradas de teus braços gigantes
para descansarmos sobre elas.)

São belas estas pétalas
partidas por teus pés;
teus cascos de cavalo
pisam mais leve que um cervo;
teus olhos, arregalados,
são como os olhos do cervo
enquanto teu coração
treme bem mais do que o cervo.

Ó terra, ó deus,
Ó selva, córrego ou rio,
que devo oferecer
para que o dia se detenha,
para que Aurora se lembre de Amor
e descanse em seu leito,
e Zeus, sem esquecer Dânae ou Maia,
dê que as estrelas brilhem para sempre?

Tétis

Ele pedira uma vida imortal
nos tempos antigos e envelhecera,
agora que a idade chegara depressa,
pedia de volta a juventude,
e eu, Tétis, concedi-lhe

liberdade sob o mar
fluido e coalhado de algas,
a deriva da grama que bordeja,
a dádiva do musgo que não morre
e o caniço em flor,

e o melhor,
beleza de cinquenta nereidas,
irmãs das nove,
eu, uma das menores,
embora imensa e deusa,
concedi a Peleu

amor sob o mar,
beleza, graça infinita:

então por fim me movi,
uma crescente, uma curva de onda
(um homem teria pensado,
caso velasse na praia
suas redes),
um golfinho, um peixe cintilante,
que ardeu e tomou como luz
a luz de sob a crista

da maré que sobe,
peixe com prata no peito,
sem luz que não a luz
do mar que ele reflete.

Ele mal poderia imaginar
(se junto às redes
velasse um tal sujeito)
que uma deusa lançava da crista
da onda o azul da própria
trança de lúcidas madeixas,
o azul do pano tinto
que ela usava de vestido.

Nenhum homem saberia, salvo ele,
cuja vinda antevi ao dedilhar
esta pérola e ágate e pérola,
marcando a batida e o tom
do compasso da minha canção.

Quem sonha um filho,
salvo aquela,
sem prole, sem um rosto
lúcido que enalteça o seu,
quem sonha um filho?

Nereidas sob o mar,
minhas irmãs, cinquenta e uma
(eu inclusa),
sonham uma criança
de água e de mar,
com cabelos tão macios,

para deitar ao longo da curva
de ossos frágeis, diminutos,
cada uma mais bela que a outra,
cabelos mais longos e lúcidos,
a rivalizar com os seus.

Nereidas sob as ondas,
quem sonha um filho,
salvo eu, Tétis, sozinha?

Cada uma teria como prole
um eu errante, selvagem e furtivo,
a mergulhar e saltar ao vento,
a bajular e aliciar
aves errantes, lúcidas e brandas
de praias forasteiras,
a rastejar e se estirar na areia,
cada uma teria para si
uma filha como prole.

Quem é que sonha, quem é que canta um filho?
Eu, Tétis, sozinha.

Quando findei a canção
e deitei a última pérola de arroz,
e atirei o colar
ao redor da garganta
e em nada o achei brilhante demais,
nem lúcido nem pálido
o bastante, não como a lua que rasteja
sob o mar,
entre o erguer de onda e onda,

eu o provara
e ele não parecera
bonito o bastante
para encher a noite
de meus vincos azuis do mais azul dos vestidos
tendo a lua por luz,
pus de lado as contas e saltei,
eu própria puro azul
sem ter o lustro brilhante
das pérolas por crescente de luz;

toda alerta, molhada e azul,
eu me lancei, um voo de seta,
para cima direto
através do azul noturno,
que do meu palácio era o muro,
e rastejei até onde vi a marca
dos pés, um passo raro:

a sandália de Aquiles na praia,
quem poderia confundi-la?
uma amante talvez, ou uma ninfa,
saída das samambaias e avencas
que bordejam a terra acima,
uma deusa talvez, ou uma ninfa,
poderiam confundir desta feita
a pegada de Aquiles com o rastro
de um deus lustroso, alerta na espreita
da pantera que se esgueira de sede
através da areia;

uma deusa talvez, ou uma ninfa,
pensasse que um deus cruzara a trilha
de algas e detritos,
que partira aqui este talo de caniço,
e virara esta concha para a luz:

ela deve então curvar-se, essa deusa-menina
ou ninfa, com grinalda de lenha florida
ao redor dos cabelos feito chapéu ou coroa,
ela deve se inclinar e ajoelhar, e abaixando,
beijar a marca desse estranho.

Eu não, a mãe, Tétis em si,
eu me estirei e deitei, escuro e esguio
comprimento de um rio,
um fio d'água onde ele deixa a mata
e vem ter com o mar,
deitei-me nas areias escaldantes,
um azul fluvial.

Em Ítaca

De um lado a outro,
as ondas longas se arrastam
deixando um rastro de espuma na areia;
a noite escurece e o mar
assume aquele tom desesperado
de negrume que vestem as viúvas
quando o seu amor acaba.

De um lado a outro,
o fio emaranhado se afrouxa,
vai e volta, e segue adiante;
vai e volta, e está terminado;
agora, enquanto amarro a ponta,
desejaria um amigo fogoso
que varresse impetuoso
estes dedos do tear.

Meus pensamentos cansados
cismam de trair minh'alma
assim que finda o trabalho;
depressa, quando a trama é completa,
volta-te já, meu espírito, rápido,
rasga ali as padronagens,
as flores com perícia bordadas,
a barra azul-do-mar,
a costa azul-marinho do lar.

A teia era tão bela,
a teia de imagens, aquela,

de encantos que eram dele,
eu pensava, e eu perdera;
tecendo sua alegria
dentro do ponto da trama,
tecendo seu fogo e fama,
pensei meu trabalho findo,
rezei a que um, somente,
daqueles que eu rejeitara
se curvasse e arrebatasse esta
longa espera com um beijo.

Mas cada vez que contemplo
minha obra tão belamente
tecida e quisera reter
dela o todo e a figura,
Atena faz minh'alma dura,
trespassando meu cérebro,
e vejo qual raias de chuva
o carro dele e as hastes suas,
vejo as flechas em queda,
e meu senhor que se move
feito Heitor, mestre do amor,
batendo de frente com belos
rivais reluzentes e vejo
rivais menores que fogem.

Depois de Troia

Lançamos contra seus deuses
ódio límpido, invencível;
lutamos;
desvairados, lançamos a última,
imperiosa, desesperada haste
e perdemos:
conhecemos a perda
antes que eles cogitassem
que a sorte lhes havia atirado
seu favor e seu capricho;
como fomos, porém, oprimidos?
perdemos, mas ao forçarmos
nossos lanceiros no auge,
soubemos que sua fila era invencível,
pois não recaiu
sobre eles nenhum calafrio
da branca feiticeira,
encanto da radiante Afrodite:

lançamos nossas flechas da paixão,
nobilíssimo ódio,
e soubemos que sua causa era sagrada,
e seus deuses, mais nobres,
mais educados na maestria,
mais sutis em sua astúcia,
porém, fosse a divina vontade
que *eles* e não nós fenecessem,
esses campos teriam sangrado, sabemos,
com rosas menos vermelhas.

Cassandra

Ó Hímen rei

Hímen, ó Hímen rei,
que amargo é este?
que haste, rasgando meu coração?
que cicatriz, que luz, que fogo
lancinando com chamas meus olhos e órbitas?
não nomeado, ó nome enunciado,
rei, senhor, fala, Hímen sem culpa.

Por que cegas meus olhos?
por que dardejas e pulsas
até toda a escuridão ser casa,
depois encontras minh'alma
e, cruel, arrasta-a de volta?
pesando o insopesável,
abrindo o escuro?
fala, não nomeado, ímpeto e poder;
quando me deixarás de fato?
quando quebrarás minhas asas
ou as deixarás em tudo livres
eternamente a pesar o espaço?

Coisa amarga, partida,
é meu coração, ó Hímen senhor,
se nem estiagem nem espada
paralisam tanto os homens,
por que fingem temer
meu virgem olhar?
totalmente fingido ou real,

por que eles se encolhem?
meu transe os apavora,
parte a dança,
esvazia o mercado;
basta que eu passe e eles se retiram, agitados;
as pessoas têm sempre que troçar?
a não ser que se encolham e vacilem
como no templo
frente à tua vontade enunciada.

Ó Hímen rei,
senhor, maior, ímpeto, poder,
olha, meu rosto está escuro,
queimado por tua luz,
teu fogo, Hímen senhor;
não restará ninguém
que a mim se iguale
em êxtase, desejo?
não restará ninguém
que comigo banque
o beijo de teu fogo branco?
não haverá nem um,
frígio ou grego alucinado,
poeta, varrido por canção, ou bardo,
um apto a tomar de mim
este amargo poder da canção,
capaz de entoar, ó Hímen,
os teus louvores, senhor?

Não poderei me casar
como te casaste tu?
não poderá irromper a beleza

de minhas mãos, meus pés, minha cabeça?
não poderá Amor deitar-se a meu lado
até que este calor
me desfaça em cinzas?
não poderá ele me confortar, então,
gasto de todo aquele fogo e calor,
quieto, frio e cinza-branco
como os louros úmidos,
brancos, antes que teus pés
pisem a escarpa montanhosa,
antes que tua mão de fogo
erga o manto
que cobre flores e campos,
como um homem ergue
de sua noiva, ó Hímen
(acuado por olhos de mulher), o véu?
Ó Hímen senhor, sê brando.

Epigramas

I

Ó ódio cruel, perigoso, imperioso,
não és capaz de deter
os impulsos de minh'alma,
não és capaz de enfraquecer ou dominar
o Amor que é sem consorte,
o puro rito,
medida total do ser:
desejas sujeitá-lo ao cativeiro?
não, tu não me amarias
se eu fosse tua escrava.

II

Não me tortures com ninharias,
Amor é meu mestre,
e tu, seu eu inferior;
enquanto és o Amor,
amo-te tão generosa,
sê Eros,
não um tirano, amargo consorte:
o Amor não tem encanto
quando é varrido para a terra:
tu serias um deus de asas caídas,
congelado e contrito,
do deus que se atira ao alto,
alado para o voo apaixonado.

Em Elêusis

Aquilo que eles fizeram,
fizeram-no por Dioniso,
fizeram-no em nome do êxtase:

pega agora o cesto,
pensa;
pensa no momento que acreditas
o mais vil de tua vida;
conjura-o,
suplica,
reza por ele;
tua face é fria, retrocedes,
não te atreves a recordá-lo:

para;
é tarde demais.
O próximo está já no degrau do altar,
um rosto de criança, embora não inocente,
se mostraria adequado, mas tu,
eu poderia descrever teu perigo no umbral,
mas pelo bem de tua mente,
embora não possas entrar,
assente.

Aquilo que eles fizeram,
fizeram-no por Dioniso,
fizeram-no em nome do êxtase:

Pega agora o cesto —
(ah, rosto num sonho,
não conhecesse teu coração,
eu teria fraquejado,
pois todo aquele que viaja adiante
é filho meu;
ah, podes tu imaginar
que minhas mãos tremem,
que meus joelhos vacilam,
eu, uma mortal, posta em lugar de uma deusa?)

Telesila

Em Argos — essa estátua dela;
a seus pés os papiros de sua poesia
erótica e em suas mãos, um elmo.

Guerra é um deus febril
que arrebata igualmente
serva, monarca e bufão,
no entanto, há um outro
(ah, perigo fulminante!),
que priva de igual modo,
com a mesma habilidade,
com igual indiferença,
o lanceiro gélido de sua haste,
a donzela pálida de sua cinta,
ele mesmo,
o Amor que é o próprio
soberano da grande Guerra.

A Guerra curvou-se
e beijou-lhe a testa,
mas logo o Amor,
plantado no queixo
e no mais terno erguer de ciclâmen
da boca fragrante,
hálito febril e meloso,
respirando de novo e de novo
os caracóis do cabelo dela,
beijos ternos
como flores lúcidas.

O Amor tomou
e dispôs o dulçor
(sendo ele extravagante)
sobre os lábios, o queixo e a face,
mas, ah, ele falhou,
mesmo ele,
ante os olhos luminosos
que dardejam
sem apelo galante,
ai de mim, impelindo-me
a desafiar incontinente
o alto comando da severa Palas.

E, no entanto, a boca!
ah, congraçado Amor,
como é que tu,
tão agudo, célere e seguro,
não pôde levar consigo tudo
e deixar-me livre,
livre para desertar os Argivos,
deixá-los arder,
livre, ainda, para me voltar
e deixar a cidade cair:
deixa, pois, que a alta Guerra
leve a cabo sua vingança,
pois eu sou o quê?
não posso salvar ou deter
a cidade em queda.

Guerra é um deus febril
(mas quem como ela grafou
o poder do Amor?),

a Guerra curvou-se e beijou a testa,
o cenho lúcido,
rejeitou o queixo
e a boca doce,
pois isso e o riso baixo eram dele,
congraçado Eros,
que lamentou a falta
na conta de todos os beijos,
das sobrancelhas aquelas
e os olhos escuros,
ó valente
que se curvou
falsamente e com vileza nos prendeu,
senhor traiçoeiro.

E, no entanto
(faz troça a lembrança),
deveria eu ter curvado a donzela
por um beijo?
Ares, o amante,
ou Amor encantador?
mas se eu me movesse,
eu temia
por aquele olhar astuto;
por aquela visão lúcida,
como poderia eu ter errado?
eu teria varrido e condenado
outra não tão doce
a meu exílio;
eu teria guardado um olhar
que recordasse tantos olhares de mulher,

não apenas este,
astuto, orgulhoso, altivo.

E, no entanto,
eu me viro e pergunto
de novo, de novo e de novo,
aos que marcham para a morte,
de que valeram
a reserva, o orgulho, a ferida?
de que vale isso
a quem como eu
se vira a enfrentar
a hoste densa e maciça
de espartanos invencíveis?
em vista de quê, de um beijo?

Lete

Nenhuma pele, ou couro, ou velocino
        Há de cobrir-te,
Nem cortina de carmim, ou delicada
Guarida de cedro há de guardar-te,
        Nem a árvore do abeto,
        Nem o pinho.

Nem sinal de tojo-bravo, ou espinheiro,
        Ou cipreste à beira do rio,
Nem perfume de arbusto florido,
Ou pranto de ave-do-caniço a despertar-te,
        Nem sabiá,
        Nem pintassilgo.

Nem palavra, nem carícia, nem vislumbre
        De amante, tu
Hás de desejar a noite inteira apenas isto:
Que a correnteza da cheia te cubra,
        Sem perguntas,
        Sem um beijo.

O auriga

Àquela maneira (arcaica), finalizou a estátua de seu irmão. Ela foi posta em pleno saguão dos louros... entre a oferenda dos sífnios e a famosa trípode de Naxos.

Somente o sacerdote
da casa mais recôndita
tem tal estatura,
somente o fauno
na clareira,
tornozelos tão ágeis, fortes,
somente a sombra do loureiro,
um escuro tão raro
quanto a escuridão
eternizada sob a faixa
que cobre teu cenho,
somente a folha
do freixo,
tal beleza e extensão
como tu,
ó meu irmão;
e somente os deuses
têm amor como este
que trago a ti;
mas agora,
teso de amor,
mais que todo amante lúcido,
eu devotei
ao mais íntimo

deus deste templo,
esta jura.

Deus da beleza, eu clamei,
e os quatro estavam alertas,
esperando cessar
na chegada
o grito;
deus da beleza,
eu clamei a esse deus,
se ele for digno dos louros,
votarei minh'alma toda
a ti; a ti
toda minha força e meu poder;
se ele for digno da coroa,
moldarei uma estátua
dele, meu irmão,
nascida do pensamento,
e da força de meu pulso
e do fogo de meu cérebro;
me empenharei noite e dia
até moldar da argila,
até fabricar do bronze,
até conjurar da rocha,
o cinzel, a ferramenta
que dá corpo à imagem;
uma imagem para abismar,
arrebatar o coração dos homens,
fazendo com que todo bronze,
toda arte posterior,
seja uma troça,
toda beleza vindoura,

uma casca oca;
arriscarei minh'alma inteira
por essa beleza,
até Deus despertar
de novo no coração dos homens —
os que disseram que está morto,
nosso Rei e nosso Amante.

Então a largada,
ah, a visão,
mas baça, velada em lágrimas
(assim deve chorar Aquiles
quando encontra morto seu amigo),
será ele vencedor?
depois o anel de aço
quando os dois se veem na chegada,
emaranhados e imundos,
mal posicionados de início,
quem, quem tropeça? não tu?
que agouros estão em curso?
ai de mim, deuses da pista,
que mal semeia seu ódio,
fala claro
informa-me
que rancor, que destino?
pois o anel de aço afiado
disse que dois passavam perigo,
dois, dois, um és tu,
já enredado
no temor de ser vencido;
dois roçaram perto;
qual há de partir?

Como o vento,
assim veio a beleza de Altaia;
como depois da cruel marcha,
alguém avista,
no rumo do ocaso frio,
a flor
que leva seu nome,
apartada num canto
junto à poeira da estrada,
surgida no riacho
do fundo da floresta,
assim eu nessa escuridão,
a boca amarga
de pura perda,
tomei coragem,
meu coração falou,
recordando a fala dela:
"Buscarei de hora em hora
pinhas frescas, resina
e flores de pinheiro,
flor do pinheiro,
flor do louro;
rezarei:
'dá que ele
volte para nós,
à nossa casa,
com o troféu do zelo,
com o amor e a prova
do favor de deus;
dá que mereça a coroa'.
(assim espero),

Eu próprio rezo na terra
para que nosso pai possa rezar;
sua voz próxima aos deuses
decerto leva mais longe
minha mera reza mortal:
'Ó meu pai no além,
olha pra baixo e te orgulha,
pede uma coisa,
nossa vitória,
pede-a direto aos deuses'".

Será que estava contente,
será que sabia?
pois a força
de sua reza e da reza dela
me envolvem agora
num único fogo,
minha cabeça toda, meu cenho
numa só chama,
tesa e tênue
e a custo acesa,
como a taça de vinho
engastada, talhada e fina,
com desenhos de folhas
(qual meu cenho),
porém metálica e fria,
como o ouro de metal gélido
que circunda o calor
do vinho.

Então o eixo rachou,
não o nosso, benditos os deuses;

e agora de vós restam três,
três alertas e parelhos,
três — carreira de que fogo?
três direto para a meta:
ah, derrota,
ah, desespero,
a sorte fraudou nossas éguas,
pois elas guinaram,
os flancos molhados tremendo,
enquanto o vento
na metade da pista
alçou e fez voar um lenço branco;
um véu tremulando,
o simples voo
de uma faixa branca,
todavia enervadas e aflitas,
elas se viraram
(só conheciam a relva da Acaia),
e ele, ó meu amor,
esse estranho,
seus negros
alazões em transe austero,
tomou a raia do centro,
ultrapassou,
sobrepassou,
sobressaltou,
e empurrou-te de volta.

Ó esses cavalos
que amamos e coroamos;
eu colhera para Aleia a menta
e o galho tenro

da videira em flor,
eu acarinhara Eláfia;
como quem roga à mulher
“sê branda”,
eu rogara a Dafnaia,
e ameaçara Oreia
por seu truque
de superá-las as três,
até estas,
eu quase me desesperara
com seu passo ligeiro e altivo,
ó as quatro,
ó éguas céleres da Acaia.

Devo rogar de novo a elas?
rogar aos deuses da pista?
ou a Altaia em casa?
ou a nosso pai que morreu pela Acaia?
ou a nossos pais distantes
que venceram o Oriente?
ameaçar ou rogar?

O sol atingiu a linha de mármore branco
à minha frente:
o sol branco sobre o branco mármore
era preto:
o dia era de cinzas,
cego, despojado, impenitente,
minh'alma insultava a pista e a carreira,
pois perderas.

Tu, derrotado, afinal?

Ah, tolos,
pretendestes vencer?
ah, tolos,
conhecestes meu irmão?
gregos todos,
ardilosos e ineptos,
mesmo assim, se soubésseis
o que corre em suas veias e nas minhas,
que sangue da Acaia,
teríeis ousado,
ousado entrar no combate,
ousado aspirar com o resto?

Tu ganharas,
sobressaltara-os;
um súbito e célere erguer de rédeas,
um súbito e célere e firme puxar de rédeas,
tão súbito afrouxadas,
tu ganharas.

Quando a morte chegar
o que verei não será
nada que veio depois
(pois contam alguns
que talvez haja um depois),
nem memória de amor antigo,
nem garota, nem mulher,
nem a mãe,
ou meu pai
que morreu pela Acaia,

nem Deus com a harpa
e o sol em Seu cenho,
mas tu,
ó meu irmão.

Quando a morte vier,
em vez de uma visão
(em bronze o capturarei),
estarás tu
como estavas de pé na chegada
(quando o arauto anunciou,
proclamando alto,
"A vitória é da Acaia"),
tendo-as agora nas rédeas,
tão quieto,
sem se virar para responder
o clamor da multidão.

POSFÁCIO

Flores, heroínas e semideuses

CAMILA DE MOURA

Trata-se de uma alegria cósmica e de uma grande responsabilidade terrena selecionar e verter pela primeira vez um conjunto robusto de poemas de H. D. ao português brasileiro. Afinal, H. D. — acrônimo adotado como nome de pena pela poeta e escritora Hilda Doolittle, figura central da poesia modernista em língua inglesa e avatar do movimento imagista — deixou uma obra vasta, múltipla e formalmente arrojada, em que qualquer corte ou cisão parece trair um projeto estético de grande refinamento. Buscando conter essa dificuldade, esta antologia foi pensada como uma apresentação de sua poesia a partir do tema que mais motivos ofereceu à primeira produção, dita *imagista*: os deuses e personagens da antiga Grécia. A abundância de elementos helênicos nos três primeiros livros — *Sea Garden* [Jardim do mar], de 1916, *Hymen* [Hímen], de 1921, e *Heliodora*, de 1924 —, nos quais entremeia transcriações de poetas líricos e epigramatistas antigos a poemas de sua plena lavra, guiou a presente seleta, que inclui também os onze poemas de *The God* [O deus], recolha que veio a lume com o volume dos *Collected Poems* [Poemas reunidos], publicado em 1925. Buscou-se, com isso, fazer jus a uma paixão plasmada e teorizada pela poeta ao longo da vida, e que lhe serviu como chave para uma intensa investigação formal e espiritual.

Uma série de fontes históricas e biográficas oferece pistas sobre como a poeta tateou esse fértil universo. Entre 1904 e 1906, H. D. frequentou o renomado Bryn Mawr College, onde deu início a uma formação em filologia clássica e literatura grega que jamais concluiria. Alguns anos mais tarde, em 1911, mudou-se para a Inglaterra a convite de Ezra Pound, seu companheiro na adolescência e um fervoroso entusiasta de sua poesia. Vivendo em Londres, H. D. passou a frequentar as bibliotecas e salas de estudos do Museu Britânico, onde dispunha de um vultoso acervo de obras antigas. Junto com Ezra Pound e Richard Aldington, com quem se casaria, participou da fundação do imagismo, cujas premissas — concisão, clareza, exploração do verso livre, valorização do ritmo, ausência de adornos ou palavras supérfluas — baseiam-se sobretudo nos poemas escritos por H. D. no início dos anos 1910. Em carta a Harriet Monroe, editora da então incipiente revista *Poetry*, Pound apresenta essa produção com notório entusiasmo: "Objetiva — sem deslizes; direta — sem uso excessivo de adjetivos, sem metáforas que não permitam exame. É direto ao ponto, direto como o grego!".*

* *"Objective — no slither; direct — no excessive use of adjectives, no metaphors that won't permit examination. It's straight talk, straight*

Em 1913, H. D. faz sua estreia na *Poetry* com uma tríade de poemas cujo título já permite entrever um método: *Verses, Translations, and Reflections from* The Anthology [Versos, traduções e reflexos da *Antologia*]. "Antologia" — palavra grega composta por *ánthos*, "flor", e *logía*, "coleção", isto é, "buquê" ou "florilégio" — refere-se aqui à *Antologia grega*, extensa compilação de epigramas e poemas breves escritos ao longo de mais de um milênio e meio e organizados em dezesseis livros. O amor de H. D. por essa coleção, em especial pelo poeta-compilador Meleagro de Gadara (fl. I a.C.), "amante dos poetas", ressurge como linha de força em diversos momentos de sua obra.

Os poemas publicados na *Poetry* e assinados "H. D., *Imagiste*" não traziam, porém, qualquer referência aos "originais" de que teriam derivado. Entre eles, estava o emblemático "Hermes dos caminhos" [*Hermes of the Ways*], que inaugura esta tradução. O referente é um epigrama de Ânite de Tegea, poeta grega da virada do século III a.C., no qual uma estátua de Hermes fala em primeira pessoa, identificada com o deus: "Eu, Hermes, posto-me aqui, na encruzilhada junto ao jardim/ varrido de vento, próximo à praia cinzenta".* Comparando os dois registros, percebe-se como H. D. subverte inteiramente o poema de Ânite, dando-lhe uma forma nova e agregando elementos que ressurgirão ao longo do livro — uma exploração minuciosa da flora, imagens extemporâneas situadas em

→ *as the Greek!"*. In: *The Selected Letters of Ezra Pound: 1907-1941*. Nova York: New Directions, 1971, p. 45.

* *Antologia grega* 9. 314. Uma tradução em prosa desse epigrama foi publicada por Richard Aldington em 1915 com o mesmo título que o poema de H. D., *Hermes of the Ways*.

paisagens limítrofes, um gosto pelos nomes próprios, uma segunda pessoa ausente e elusiva, um ritmo elegante e burilado. As reações a essa estreia, e em especial a esse poema, foram variadas e intensas. A romancista May Sinclair chegou ao ponto de afirmar: "Se 'H. D.' jamais tivesse escrito mais nada, isto seria suficiente para situá-la entre os poucos, entre os pouquíssimos poetas que uma vez na vida alcançaram a perfeição. [...] Se você não for capaz de perceber nestes versos a sensação de encantamento, de coisas graves não conhecidas e prestes a vir a ser, o frisson da imortalidade iminente, então (eu receio) já não há como rezar por você".*

Sua estreia em livro ocorreu em 1916, com uma tradução dos coros da *Ifigênia em Áulis* de Eurípides. Nesse trabalho, H. D. organizou as diversas passagens corais da tragédia euripidiana — o párodo, ou a entrada do coro em cena; os estásimos, cantados entre os episódios; e o *kommós*, em que a protagonista alterna seu lamento com o coro — como se se tratasse de um longo poema em seis partes, estrutura análoga à que encontramos em diversas passagens de sua obra. A tradução não padece dos constrangimentos que marcam boa parte das traduções filológicas acadêmicas, ancoradas na ideia problemática de uma relativa fidelidade sintática. H. D. recria os versos de Eurípides com um ritmo e uma forma próprios e, sem jamais trair o sentido do texto, realça imagens, reor-

* *"I can only say that if 'H. D.' had never written anything else this would be enough to place her among the small, the very small, number of poets who have once in their lives achieved perfection.* [...] *If you cannot feel in these verses the sense of enchantment, of grave things not known and about to be, the* frisson *of immortality impending, then (I am afraid) you are past praying for".* In: "The Poems of 'H. D.'". *The Fortnightly Review*, n. 121, pp. 329-40, mar. 1927.

ganiza a quebra dos versos e introduz glosas breves segundo a necessidade poética.

A confusão operada por H. D. entre criação e tradução pode ser entendida à primeira vista como um recurso caracteristicamente contemporâneo, afim às proposições de pensadores da tradução como o próprio Ezra Pound, Roman Jakobson, Henri Meschonnic ou Haroldo de Campos. É possível, porém, imaginar que a poeta tenha derivado seu método, ao menos em parte, da convivência direta com os antigos, que ignoravam a originalidade temática enquanto noção positiva. Entre os poetas-cantores homéricos, autor é aquele que entoa com maestria uma canção, que por definição não lhe pertence. Os tragediógrafos clássicos trabalhavam recriando narrativas tradicionais conhecidas por todos, e os espectadores — muitos dos quais viajavam por dias até o teatro de Dioniso — conheciam de antemão o desfecho das tragédias, o que não diminuía em nada o seu espanto. O período helenístico foi pródigo em falsificações e atribuições espúrias, e a imitação era considerada um recurso legítimo para a criação poética. O poeta latino Catulo derivou tantos temas de Safo de Lesbos que H. D. diz a seu respeito, no ensaio "A sábia Safo", que ele "forjou a prata do latim a partir do grego imperecível".* Assim, ao recriar os coros trágicos em versos livres de ritmo entusiástico, ou ao tomar para si os epigramas da *Antologia*, transfigurando-os em novas cores, H. D. porta-se como uma poeta

* H. D., *Visões e êxtases*. Trad. de Camila de Moura. São Paulo: Âyiné, 2025, p. 60.

simultaneamente antiga e moderna. Não cindida entre dois tempos, mas perfazendo entre eles um arco — espécie de Íris no ocaso da paz do século.

Essa tensão entre Antiguidade e Modernidade foi abordada pela própria H. D. em sua obra ensaística. Em "Um poeta na vastidão selvagem: canções de Anacreonte", datado do início dos anos 1920 e, portanto, contemporâneo dos poemas aqui reunidos, H. D. responde aos críticos que buscam ver em sua relação com a Antiguidade um simples escapismo: "Não estou fugindo para um santuário além das vigas mortas do passado [...]. Estou fugindo do presente, acossada pelos teóricos da arte contemporâneos, erínias coroadas de serpentes. Ao contrário, penso em mim como alguém além da moda, ultramoderna".* Nesse mesmo ensaio, recorda como, em sua primeira visita à Acrópole, teve a impressão de que as colunas do Partenon haviam acabado de ser construídas, e mais adiante defende a novidade da poesia de Anacreonte de Teos, poeta lírico do século VI a.C.: "[Os poemas de Anacreonte] são muito novos. Estou certa de que estão esperando para serem lidos. Ninguém os leu, ninguém tocou essas páginas. São novidades prestes a serem descobertas — novas taças, novos modelos de lira, novas maiúsculas jônicas gravadas".**

Fica claro que H. D. não busca nessa matéria mera inspiração, rememoração ou passadismo. Ao contrário, trata-se de descobrir nos textos antigos, como diz a res-

* Ibid., p. 81.

** Ibid.

peito de Safo, verdadeiros "continentes e reinos inexplorados de realizações artísticas futuras".*

O poema que dá título a esta coleção evoca um dos mitos gregos que maior atração exerceu sobre eras posteriores: o malogrado resgate de Eurídice pelo poeta e bardo mítico Orfeu. Capaz de encantar animais, bosques e criaturas com a música mágica de seu instrumento, Orfeu se lança a uma catábase para resgatar a alma de Eurídice da turba incessante dos mortos. Ao violar a única regra que lhe havia sido imposta pelos deuses ínferos — não olhar para trás ao regressar à superfície —, a alma de Eurídice volta a cair no Hades. H. D. parte da tradição encetada por Virgílio, que imagina uma Eurídice furiosa com a falta de Orfeu e lhe confere uma eloquência trágica. No poema, a heroína perscruta os motivos de sua queda num encadeamento candente de perguntas que pressupõem o silêncio pétreo de um interlocutor perdido: "por que te voltaste?/ por que olhaste para trás?/ por que hesitaste aquele instante?". O expediente é semelhante ao empregado em "A mulher de Lot", de Wisława Szymborska, no qual quem se volta, transgredindo uma ordem divina, é a própria *persona loquens*: "Dizem que olhei para trás de curiosa./ Mas quem sabe eu também tinha outras razões./ Olhei para trás de pena [...]/ Por distração [...]/ Para não olhar mais para a nuca virtuosa/ do meu marido Lot".** Szymborska,

* Ibid., p. 59.

** *Poemas*. Trad. de Regina Przybycien. São Paulo: Companhia das Letras, 2011.

como H. D., expande a interioridade de uma personagem antes opaca — a mulher não nomeada que, no livro do Gênesis, é transformada em estátua de sal por olhar para trás ao fugir de Sodoma.

Algo análogo ocorre no poema "Circe", em que se escuta a feiticeira divina da ilha de Ea. No Canto 10 da *Odisseia* de Homero, conta-se como Circe transformou os companheiros de Odisseu em feras e acolheu o herói em seu leito por um ano, até que ele partiu novamente em seu regresso a Ítaca. Assim como Eurídice, a Circe de H. D. dirige-se ao amante ausente, mas sua atitude é diametralmente oposta: a deusa evoca num lamento pungente a presença de Odisseu, ansiando por vê-lo em vida uma vez mais — desejo que, segundo o mito, jamais será concretizado. Algumas décadas mais tarde, Cesare Pavese também adotaria a perspectiva de Circe em seus *Diálogos com Leucó*, de 1947. Num texto intitulado *Streghe* [Bruxas], transformado em curta-metragem por Jean-Marie Straub em 2008, Circe conversa com Leucoteia, uma divindade marinha, sobre a passagem de Odisseu por sua ilha, contrapondo a precariedade da condição humana à onisciência e duração da paixão divina.

Ao conferir voz a personagens silenciadas ou relegadas a um segundo plano pela tradição, H. D. renova o trabalho dos poetas antigos, dialogando com autores como Szymborska e Pavese e situando-se como precursora de obras contemporâneas como a *Autobiografia do vermelho* de Anne Carson, *A odisseia de Penélope* de Margaret Atwood e a *Cassandra* de Christa Wolf.

O que há, porém, de peculiar no caso de H. D.?

Numa entrevista datada de 1969, Norman Holmes Pearson, amigo íntimo, agente e executor literário da poeta, desenvolve um argumento que encontraria grande ressonância na crítica: "H. D. escreve os poemas mais intensamente pessoais usando o mito grego como metáfora. Ou seja, ela pode dizer essas coisas sobre si melhor e de forma mais franca usando esses outros dispositivos do que se dissesse simplesmente 'eu, eu, eu'. Dizer 'Helena' é, na realidade, libertar a si própria".* De modo semelhante, Louis L. Martz, na sua introdução à edição de 1983 dos *Collected Poems 1912-1944*** de H. D., fala reiteradamente em uma "máscara grega" de que a poeta se serviria para encobrir motivações de sua vida privada.

Ora, é impossível negar a importância da biografia — ou da "mitologia pessoal", para usar uma expressão cara a H. D. — em sua obra e pensamento. A poeta deixou uma série de *romans à clef* e livros de memórias — *Bid Me to Live* [Deixa-me viver], *HERmione*, *Asphodel* [Asfódelo], *The Gift* [O dom], *Tribute to Freud*,*** *End to Torment* [Fim do tormento], entre outros — nos quais reelabora literariamente sua relação com figuras como Pound, Aldington, o poeta e romancista D. H. Lawrence e a escritora e cineasta Bryher, sua companheira constante, embora não exclusiva, por mais de quatro décadas. No entanto, ou, antes, precisamente por isso, parece necessário precaver-se contra certa tentação biográfica: em que ganha o poema se ficarmos saben-

* Norman Holmes Pearson e L. S. Dembo, "Norman Holmes Pearson on H. D.: An Interview". *Contemporary Literature*, v. 10, n. 4, pp. 435-46, 1969.

** Org. de Louis L. Martz. Nova York: New Directions, 1983.

*** Ed. bras.: *Por amor a Freud*. Trad. de Pedro Maia Soares. São Paulo: Companhia das Letras, 2012.

do que "Eurídice" teria sido escrito, como destacam alguns estudos críticos, a partir da breve e turbulenta relação de H. D. com D. H. Lawrence e do rompimento súbito que se seguiu?

"O tributo", longo poema em onze partes que encerra a coletânea *The God*, oferece uma chave interpretativa mais fecunda. Nele, H. D. explora um dos temas que ressurgem com centralidade e força em seus ensaios: a miséria de um mundo despojado de deuses e a tarefa da poeta de reencantá-lo. Em "Um poeta na vastidão selvagem", enuncia seu apelo: "Os deuses devem ser tirados de sua cômoda impassibilidade, da floresta de pinheiros, do mar, da agitação das asas de pássaro e do acolchoado de pantera, e regressar ao coração dos homens".*

Em seu refinamento crítico, H. D. não se deixa associar a uma iconoclastia revisionista que pretenda corrigir as obras do passado, tampouco assume a postura de uma erudita acadêmica ou de uma leitora diletante. Sua poesia faz-se do encontro entre um rigoroso trabalho formal e uma disposição religiosa intensa e lúcida. Experimentalista pagã que canta o exílio dos deuses, cultora da sensual Afrodite como da casta Ártemis, a poeta promove um retorno ao sagrado pela tríplice via da experiência, da contemplação e da catábase, tomando a Antiguidade como matéria viva. Em um poema datado de 1920 e jamais publicado em vida, intitulado *Hélio e Atena*, dá a ver a ferocidade de sua vocação: "Que os dáimons nos possuam! Aterrorizemos como Erínias toda a tribo

* H. D., *Visões e êxtases*, op. cit, p. 79.

dos Helenistas acadêmicos!// Pois (eu afirmo, inspirada, calma e demoníaca) eles não sabem nada!".*

Nos poemas reunidos nesta antologia, com seus arranjos de flores sagradas, pedras de matizes raros e amazonas ébrias com a luz da tarde, deusas e deuses que não se deixam aprisionar na rigidez das estátuas, a tarefa da poeta se afigura como plenamente realizada. Que H. D. encontre agora, com o modesto atraso de um século, o caminho para reverberar nos corações das leitoras e leitores destas paragens.

* *"Let daemons possess us! Let us terrify like Erinyes, the whole tribe of academic Grecians!// Because (I state it inspired and calm and daemoniacal) they know nothing!".* In: H. D., *Collected Poems 1912–1944*, op. cit., p. 328.

ANEXO

Um esboço de H. D.: a gata egípcia

PERDITA SCHAFFNER

A gata azul-turquesa havia causado considerável ansiedade. Agora, eu a mantenho enrolada em algodão e papel de embrulho, numa caixinha dentro de uma caixa maior, metida na parte de trás da estante que abriga os livros de minha mãe — os que ela escreveu, e os que leu para suas pesquisas ou estudos, ou simplesmente por diversão. Parece um lugar tão seguro quanto qualquer outro — ali, em nossa reclusa casa de campo na zona leste de Long Island. Quando saio, ela fica sozinha e, mesmo assim, está mais segura do que estaria comigo, viajando para cima e para baixo e mudando constantemente de habitat.

Não sei nada sobre seu passado arqueológico, se é que ela de fato tem um. H. D. comprou-a no Egito, no início dos anos 1920, e a trouxe para casa. Artefato genuíno ou fac-símile extraordinário? Especialistas saberiam dizer à primeira vista. Eu nunca quis submetê-la à sua avaliação, nem o farei jamais. Não quero encarar a responsabilidade. Se ficasse provado que ela é um tesouro inestimável, eu teria de trancafiá-la ou doá-la a um museu. De um jeito ou de outro — na caixa-forte de um banco ou num pavilhão de egiptologia — ela deixaria de ser realmente minha. Por outro lado, não suportaria vê-la diminuída. "Sinto muito, é apenas uma réplica". Eufemismo para falsa. Prefiro o mistério.

Genuína ou falsa, conexão com os faraós ou mero souvenir deste século — ela é linda. Está sentada a uma polegada de altura, com uma postura longilínea e orgulhosa. Suas feições são delicadíssimas. Elas variam — altiva, alheia, às vezes quase arrogante, depois terna, novamente insondável, sempre aristocrática. Entre suas patas dianteiras, pressionada contra seu peito, ela guarda uma cópia microscópica, sua cria.

Advinda de um passado oculto ou o imitando, ela pode se comportar de forma sumamente desinteressada. Ela tem uma força de vida própria.

A gata chegou até mim numa bolsa com vários pertences de H. D., pouco depois de sua morte. Foi por um acaso que senti algo duro e pequenino enfiado dentro do forro.

Depois, eu não parava de perdê-la. E ela sempre voltava. Ladrões saquearam nossa casa na cidade e levaram tudo, ou ao menos era o que eu pensava. Meses mais tarde, meu marido avistou uma saliência turquesa entre as tábuas do piso. Desde então, passei a carregá-la no compartimento com zíper da minha bolsa. E de novo ela escapou — apenas para reaparecer na traseira de nossa caminhonete.

Muito tempo atrás, ela pendia de uma faixa de veludo negro ao redor do pescoço de H. D. "Esta é a gata, e esta, a cria", ela dizia, apontando o paralelo em nossa relação.

H. D. não era exatamente uma mãe arquetípica, nem ninguém esperaria que fosse. Naquela época, eu não esperava ou conhecia nada diferente. Vivíamos na Suíça com sua amiga Bryher, isoladas do mundo. Visitantes vinham de tempos em tempos; a maioria escritores, todos adultos. Eu nunca interagia com outras crianças, outras famílias, outras mães. Então, até onde eu sabia, a mãe de todo mundo era poeta; uma figura alta de beleza radiante, com uma delicada estrutura óssea e inquietantes olhos cinzentos; e frequentemente exausta, nas nuvens, ou encerrada num quarto, para não ser perturbada de forma alguma.

Ela era intensamente maternal — num plano esotérico. Venerava o conceito de maternidade, mas não estava preparada para as suas disrupções. Estremecia com o barulho súbito, e se retirava do caos. Felizmente para ela, ela estava bem guarnecida. Tínhamos uma equipe, quase uma guarda pessoal. Eu sempre podia ser removida. "*Madame est nerveuse; viens ma petite!*" Ou Bryher intervinha e me escoltava para fora. "Sua mãe está muito nervosa hoje." Hoje e sempre, parecia. Pois bem, as coisas eram assim. Uma mãe era alguém que escrevia poesia e estava muito nervosa. E que caminhava e se sentava sozinha. E que era capaz de uma afeição desmesurada, mas no seu tempo e nos seus próprios termos, de preferência ao ar livre. Eu a acompanhava em sua caminhada diária, aferrada a uma bolsa cheia de cascas e migalhas. Sempre no mesmo horário: dez horas, quando seu trabalho da manhã havia sido concluído e posto de lado. O mesmo circuito, descendo alguns degraus de pedra até o lago, onde alimentávamos as gaivotas, os cisnes e os patos. Ela logo reclamava sua solidão. "Corre na frente, corre, corre, *corre!*" Eu disparava e regressava, e ficava trotando em círculos ao seu redor enquanto ela deambulava e sonhava.

Ela passava as tardes em seu quarto, lendo, escrevendo cartas e pensando — concentrando-se em tudo e em nada, numa meditação intensa, próxima do transe. A gata egípcia era seu mantra. Ela se sentava observando-a por horas, dedilhando-a, arrastando-a para cima e para baixo na fita de veludo.

Quando deixava a porta entreaberta, eu me esgueirava e me juntava a ela. Ela nunca se opunha; em silêncio, abria espaço para mim na poltrona. E eu nunca ficava irrequieta, nem tagarelava, nem desejava estar em qualquer outro lugar. Aqueles eram interlúdios privilegiados, tanto mais por que eram furtivos. Eu temia que alguém de fora irrompesse, quebrando nossa sintonia, nosso segredo partilhado.

Depois disso, não vi mais a gatinha, nunca mais, no tempo em que minha mãe viveu. Será que ela já era dada a desaparecer? Ou sua presença havia se tornado hipnótica demais para oferecer conforto? Seja como for, ela foi substituída por um cristal que exercia a mesma atração psíquica. Eu perscrutava seu interior e via apenas nossos reflexos, ou visões distorcidas e aumentadas do pano do vestido e do mobiliário. Ela, contudo, parecia ver outra coisa. Se eu me sentasse bem parada e por tempo suficiente, também veria. E eu ficava muito quieta, fascinada.

Seu trabalho — a escrita de fato — era, naturalmente, um assunto profundamente privado. Nesses momentos, a porta estava sempre fechada. Ela não tinha um escritório propriamente dito, apenas uma alcova em seu quarto reduzida ao essencial: uma mesa robusta, uma jarra cinza cheia de lápis, uma pilha de cadernos escolares e um ou dois livros de referência. Ela acordava muito cedo e se punha a trabalhar de imediato, enchendo os cadernos com uma letra justa e pálida. Ela preferia os lápis duros; eles duravam mais; ela não precisava ser interrompida pela mecânica do apontar. Quando alcançava certo ponto, fechava os livros todos e punha os lápis de volta na jarra até a manhã seguinte.

"É como trabalhar numa colcha bordada", ela me confidenciou, anos mais tarde. "São tantos pontos e tantas, mas tantas fileiras, dia após dia. Se eu perco um único dia, deixo um ponto solto e perco o padrão, e sinto que jamais poderei reencontrá-lo."

E eu lhe pergunto sobre todos esses outros momentos, em que ela não estava em sua escrivaninha, tampouco totalmente neste mundo — as caminhadas pela margem do lago, as sessões com a gatinha, com o cristal. Estaria ela sonhando, estaria escrevendo num certo sentido? Ora, ambos; e uma correlação entre os dois.

"Evoluindo. Buscando. Meu passado, o passado, o que jamais foi, e criando algo real a partir disso. E ele sempre me escapa. Acho que o encontrei, e descubro que estou errada. Mas o caminho errado também pode ser revelador, já que muitas vezes nos indica o caminho correto — em última instância. A ideia *por trás* da ideia é o que realmente trato de alcançar. Novamente, é um pouco como explorar uma galáxia com um telescópio mágico, enfocando constelações específicas e tomando as ilusões de óptica pelo que valem, também. E tudo isso é parte da algazarra da minha cesta de costura. Você está entendendo?"

Surpreendentemente, sim. Não importava quão vertiginosos fossem seus voos e quão súbitas suas descidas, ou quão variadas e inesperadas suas metáforas, eu sempre conseguia entender. Apenas tive que crescer primeiro, e encontrar meu próprio prumo.

Ela nem sempre viajava por esferas exaltadas. Felizmente para ela, para mim, para todo o seu entourage, ela tinha um senso de humor maravilhoso; e uma astúcia espontânea que captava os absurdos da vida e o ponto fraco das pessoas, incluindo ela mesma. Sendo assim, ela ria muito. Uma perfeita "reclusa" e, no entanto, ela amava companhia. Tinha muitos amigos, jovens e velhos, alguns muito importantes. Violet Hunt, Elizabeth Bowen, as Sitwell — sozinhas ou em trio —, Ivy Compton-Burnett... todas vinham para o chá, sempre que ela estava em Londres. Interessava-se igualmente por pessoas com vidas mais comezinhas. Era capaz de se envolver com os problemas de um assistente de veterinário — ou de uma datilógrafa numa equipe de secretárias. Misturava todos os seus convidados; como era uma catalisadora magnífica, toda a gente se divertia imensamente. Também tirava prazer de atividades e passeios ordinários: uma tarde no cinema, viagens de ônibus, saídas de compras. Lia os best-sellers do momento e os calhamaços esotéricos. Alcançou o perfeito equilíbrio entre uma sensibilidade angustiada e uma vida cotidiana simples e concreta. E agora que as pressões e conflitos da maternidade haviam cessado, ela havia se tornado uma mãe muito melhor. Respeitávamos uma à outra enquanto indivíduos. Fomos adultas juntas, e amigas.

E é assim com mães e filhas, mães e filhos. Outra geração cresceu. Eu completei o ciclo, e agora tenho quatro amigos desse tipo — todos eles brincaram com a gata egípcia e a admiraram.

"Não se preocupe. Você com certeza irá perdê-la de novo. Porém, ela sempre volta até você." Com uma afinidade íntima.

Glossário

Acroneu e outros. Os nomes elencados em "Heróis do mar" correspondem, em sua maioria, aos guerreiros feácios mencionados na *Odisseia* (8. 110 em diante). Conhecidos por sua excepcional habilidade náutica, são eles que finalmente conduzem Odisseu de volta à sua Ítaca natal.

Adônis. Divindade mítica associada a Afrodite. Nascido de uma união incestuosa, a beleza de Adônis encanta a deusa, que resolve escondê-lo em uma arca e entregá-la aos cuidados de Perséfone no submundo. Ao descobrir o conteúdo da arca, porém, Perséfone se recusa a devolvê-lo. Zeus é convocado a intervir, e determina que Adônis deverá passar quatro meses com cada deusa, e outros quatro como lhe aprouver — os quais, por fim, também passará em companhia de Afrodite. Adônis é morto por um javali em uma caçada e transformado numa flor, a anêmona. Seu culto, especialmente proeminente em Atenas, Alexandria e Biblos, celebrava sua descida cíclica ao Hades e seu retorno à vida. As principais fontes para a reconstituição do mito são pseudo-Apolodoro (3. 14, 3-4) e Ovídio (*Metamorfoses* 10. 100-559, 708-739).

Argeste. "O que clareia", epíteto atribuído por diferentes autores ao Vento Sul, Sudeste ou Noroeste.

Árion. Poeta itinerante e citaredo grego, situado entre os séculos VIII e VII a.C. Heródoto (1. 24) registra a lenda segundo a qual Árion, após vencer um concurso poético na Sicília, é assaltado pelos marinheiros encarregados de levá-lo de volta a Corinto. Árion pede a seus algozes permissão para entoar uma última canção no batente da nau, um hino a Apolo acompanhado da cítara. Finda a canção, o poeta atira-se ao mar. Árion é então resgatado por um golfinho divino, que o leva em segurança até a costa.

Ártemis. Deusa grega, filha de Zeus e de Leto, cujos domínios compreendiam a caça, as florestas intocadas, as regiões limítrofes, o parto e a adolescência. Irmã gêmea do deus Apolo, era chamada de "a casta", sendo a única entre os deuses a não se dobrar frente aos encantos de Afrodite. Os mitos e poemas gregos associam-na a caçadores, heróis castos, ou que não desejavam casar-se, como Hipólito, Atalanta, as amazonas e outros. Ver também *Hipólito* e *Órion*.

Cassandra. Princesa e profetisa troiana, filha de Príamo e Hécuba. As versões supérstites do mito, em especial as preservadas em Ésquilo (*Agamêmnon* 1207 em diante) e pseudo-Higino (*Histórias* 93), contam que a princesa recebe seus dons proféticos do deus Apolo, que desejava unir-se a ela. Ao se recusar a consumar a relação com o deus, contudo, Cassandra é condenada a que ninguém jamais acredite em suas profecias. Ver também *Hímen*.

Circe. Divindade e feiticeira da ilha de Eeia, à qual chegam Odisseu e seus companheiros depois de fugirem da terra dos Lestrigões (*Odisseia* 10. 135 em diante). Ao entrarem na casa da deusa, os companheiros de Odisseu são drogados com uma poção e transformados em porcos pela varinha de Circe. Odisseu, no entanto, é poupado graças a Hermes, que aparece e entrega ao herói uma planta mágica capaz de torná-lo invulnerável ao feitiço. Sendo incapaz de transformá-lo, Circe o convida a partilhar seu leito, e Odisseu permanece na ilha por um ano, como seu hóspede e amante, antes de partir definitivamente.

Dânae. Princesa de Argos e amante de Zeus. Este se transforma em chuva de ouro para penetrar a torre onde Dânae era mantida prisioneira por seu pai. Dessa união inusitada, nasce o herói Perseu. O episódio é narrado, entre outros, por Ovídio (*Metamorfoses* 4. 610-620) e pseudo-Apolodoro (*Biblioteca* 2. 4. 1-3).

Deméter. Deusa grega associada à agricultura, à terra fértil e ao pão, venerada em diversos cultos agrícolas, em especial nos Mistérios de Elêusis, ao lado de sua filha Perséfone. O mito da abdução de Perséfone por Hades, do luto e da busca incansável de Deméter, e da restituição periódica de Perséfone ao mundo dos vivos, narrado no *Hino homérico a Deméter*, oferece uma explicação mítica para as estações do ano e os ciclos agrícolas. Ver também *Dioniso* e *Elêusis*.

Dioniso. Deus grego associado ao vinho, ao teatro e à embriaguez. Há muitas versões míticas para o seu nascimento. A mais difundida, mencionada entre outros por Hesíodo (*Teogonia* 940), Ovídio (*Metamorfoses* 3. 253) e pseudo-Apolodoro (*Biblioteca* 3. 26), apresenta Dioniso como filho de Zeus com uma mortal, a princesa tebana Sêmele. Esta, seguindo o conselho de Hera e desejosa de ver o consorte em toda a sua glória, pede a Zeus que se revele em sua forma divina. Quando este o faz, Sêmele é fulminada pela visão. Ao morrer, dá à luz Dioniso, que é salvo por Zeus. Outras versões cultuais apresentam o deus como filho de Zeus e Deméter, Dione, ou outras divindades. Dioniso era venerado em cultos de mistério no mundo helênico, que envolviam rituais iniciáticos e técnicas para induzir o transe e o êxtase. Ver também *Elêusis*.

Elêusis. Região da Ática, próxima de Atenas, onde eram celebrados os famosos Mistérios de Elêusis em honra de Deméter e Perséfone. Os cultos de mistério eram celebrações religiosas de caráter esotérico, cujos ensinamentos e rituais, vedados aos não iniciados, determinavam o destino da alma após a morte. Dioniso estava presente nos mistérios sob a forma de Íaco, divindade que conduzia a procissão dos iniciados. Ver também *Deméter* e *Dioniso*.

Erotos. Corruptela de *Eurotas*, rio da Lacônia mencionado por Píndaro (*Olímpica* 6, 28) e que corria nas proximidades de onde nasceu Evadne. *Eurotas* é cognato de *eurys*, "amplo", "largo", e *Erotos* é genitivo de *Eros*, "[rio] do Amor". A forma é uma provável criação (ou imprecisão) de H. D. Ver também *Evadne* e *Leda*.

Eurídice. Esposa do bardo Orfeu, que morre picada por uma cobra pouco depois do casamento. Orfeu, inconsolável, resolve descer aos infernos, onde pede a Hades e Perséfone que restituam à vida sua esposa. A música que entoa encanta as criaturas infernais e cessa as punições às quais as almas estavam condenadas. Os deuses do submundo então concedem o favor que Orfeu suplicava, com a condição de que não olhasse para trás enquanto conduzia a alma de Eurídice ao mundo dos vivos. As razões por que Orfeu enfim olha para trás, fazendo com que Eurídice caia novamente no Hades, variam entre os autores. Ovídio (*Metamorfoses* 10. 56-57) conta que Orfeu ansiava por vê-la novamente, e que Eurídice não se ressentiu com sua falta; já Virgílio (*Geórgicas* 488 em diante) conta que Orfeu foi "presa de uma loucura súbita", e dá voz a uma Eurídice desesperada por ter que regressar aos ínferos. Ver também *Orfeu*.

Evadne. Filha de Posídon e de Pitane, filha do rio Eurotas. Seu mito é contado por Píndaro na *Olímpica* 6 (28 em diante), no qual é dito que Evadne "primeiro tocou Afrodite" (isto é, experimentou o amor carnal) junto ao deus Apolo. Ver também *Erotos*.

Fedra. Princesa cretense, filha de Minos e Pasífae e irmã de Ariadne. Passa a viver em Atenas após ser dada em casamento ao herói Teseu. O amor de Fedra por seu enteado Hipólito, filho de Teseu e da amazona Hipólita, e as consequências trágicas desse amor são o tema central do *Hipólito* de Eurípides e da *Fedra* de Sêneca. Ver também *Hipólita* e *Hipólito*.

Hefesto. Deus grego, filho de Hera, associado ao fogo, à forja, à metalurgia e à escultura em pedra.

Helena. Filha de Zeus e de Leda, irmã de Clitemnestra e esposa de Menelau, rei de Esparta, celebrada como a mulher mais bela do mundo. Seu rapto ou fuga com Páris, príncipe troiano, é o motivo mítico da Guerra de Troia. Por ter supostamente desencadeado o conflito, Helena foi frequentemente retratada com hostilidade na tradição literária, embora apareça em algumas versões como uma figura trágica.

Hélio. Titã grego associado ao sol.

Heliodora. "Presente do sol", nome próprio feminino. Heliodora é o nome com que o poeta e antologista Meleagro de Gadara, um dos preferidos de H. D., refere-se à sua amada em uma série de epigramas preservados na *Antologia grega* (5. 24, 136, 137, 141, 143 e outros).

Hermônax. Pescador que figura em um epigrama da *Antologia grega* (6. 223) atribuído a Antípatro de Sídon. O poema descreve a oferenda dedicada por ele às divindades marinhas. "Hermônax", de H. D., pode ser lido como uma transcriação desse passo. Ver também *Ino* e *Palêmon*.

Hímen. Deus grego do casamento, ao qual são dedicados hinos denominados *himeneus*. A tragédia *Troianas*, de Eurípides, conta como, após a Guerra de Troia, as mulheres nobres da cidade foram distribuídas entre os gregos como escravas. A princesa Cassandra, entregue ao rei de Argos, Agamêmnon, entoa então um himeneu funesto por sua união com o homem que massacrou sua família e destruiu sua cidade (*Troianas* 307-341). Ver também *Cassandra*.

Hipólita. Uma das amazonas, povo de guerreiras e caçadoras gregas que figuram na *Ilíada* e em outros ciclos épicos. Hipólita é capturada por Teseu, ou entregue a ele como presa de guerra por Héracles, durante a campanha deste contra as amazonas (pseudo-Apolodoro, *Biblioteca* 1. 16). De sua união com Teseu, frequentemente descrita como forçosa, nasce Hipólito. Em outras versões, Hipólita é chamada de Antíope. Ver também *Ártemis*, *Fedra* e *Hipólito*.

Hipólito. Filho de Teseu e da amazona Hipólita. No *Hipólito* de Eurípides, é retratado como um devoto fervoroso da deusa Ártemis, rejeitando o casamento e o culto a Afrodite. Esta resolve vingar-se do jovem, fazendo com que Fedra, sua madrasta, apaixone-se perdidamente por ele. Ver também *Ártemis*, *Fedra* e *Hipólita*.

Ino. Princesa tebana, filha de Cadmo e Harmonia. Quando Ino incorre na fúria de Hera, a deusa a castiga fazendo com que seu marido, Átamas, enlouqueça e, em seu furor, mate um de seus filhos. Fugindo da loucura do marido, Ino corre até um penhasco e lança-se ao mar com o filho mais novo, Melicertes, nos braços. Ambos são acolhidos pelas divindades marinhas e transformados em deuses. Ino e Melicertes divinizados passam a chamar-se Leucoteia e Palêmon, e a serem cultuados como protetores dos navegantes.
O mito é narrado por diversos autores antigos, entre os quais pseudo-Higino (*Histórias* 2) e pseudo-Apolodoro (*Biblioteca* 3. 28), além de ser mencionado na *Odisseia* (5. 333 em diante), por Píndaro (*Olímpica* 2) e outros. Ver também *Hermônax*.

Ítaca. Ilha do mar Jônico onde reinava Odisseu e onde a rainha, Penélope, permanece durante os vinte anos que transcorrem entre a partida do marido para Troia e seu regresso. Sozinha no palácio e ignorante do destino de Odisseu, Penélope passa a ser acossada por pretendentes que se instalam na casa real, esperando que ela escolha um deles para casar-se. Na *Odisseia* (19. 137-158), Penélope relata o estratagema que concebeu para adiar a escolha: anunciou que tomaria uma decisão quando terminasse de tecer um manto fúnebre para Laertes, pai de Odisseu, mas a cada noite desfazia em segredo o que tecera durante o dia.

Laís. Nome de duas cortesãs gregas que se confundem na tradição: Laís de Corinto e Laís de Hícara, celebradas por sua beleza. Laís é a figura central de um epigrama votivo recolhido na *Antologia grega* (6. 1) e atribuído a Platão, no qual dedica seu espelho à deusa Afrodite. No gesto, recorda sua beleza de outrora e justifica a oferenda dizendo: "não desejo ver-me como sou, e já não posso ver-me como fui".

Leda. Rainha de Esparta e esposa de Tíndaro. Leda atraiu a atenção de Zeus, que tomou a forma de um cisne para unir-se a ela nas margens do rio Eurotas (pseudo-Higino, *Histórias* 77). Dessa união, nasceram Helena e Pólux, um dos Dióscuros. O mito de Leda e o cisne inspirou uma miríade de obras de arte desde a Antiguidade, incluindo relevos helenísticos, afrescos em Pompeia e pinturas de Michelangelo, Da Vinci e Rubens. Ver também *Erotos*.

Lete. Um dos rios do Hades. Segundo a tradição, aqueles que bebessem de suas águas esqueceriam por completo sua vida anterior.

Maia. Uma das ninfas conhecidas como Plêiades, companheiras de

Ártemis. De sua união com Zeus, nasce o deus Hermes (*Hino homérico a Hermes* 1).

Oréade. As Oréades eram ninfas das montanhas, das grutas e das árvores coníferas. São referidas, entre outros, pelo poeta bucólico Bíon (*Lamento a Adônis* 19).

Orfeu. Poeta e bardo mítico da Trácia, célebre por seu canto e por sua lira, capaz de comover plantas, animais e até mesmo os deuses. Desce ao Hades para resgatar sua esposa, Eurídice, e obtém permissão para conduzi-la de volta ao mundo dos vivos, desde que não olhe para trás durante o percurso. Ao transgredir essa condição, perde-a para sempre. O mito de Orfeu e Eurídice inspirou uma vasta tradição artística e literária desde a Antiguidade, incluindo a ópera *Orfeu*, de Monteverdi, os *Sonetos a Orfeu*, de Rainer Maria Rilke, e os filmes *Orfeu*, de Jean Cocteau, e *Orfeu negro*, de Marcel Camus. Ver também *Eurídice*.

Órion. Gigante capaz de caminhar sobre as águas, companheiro de caçada da deusa Ártemis em Delos ou em Creta. Segundo a versão do mito preservada por pseudo-Higino em *Da astronomia* (2. 34-35), Ártemis amava Órion e desejava casar-se com ele. O deus Apolo, depois de sem sucesso tentar dissuadi-la do casamento, resolve enganá-la, desafiando-a a acertar uma flecha num objeto que se movia entre as ondas. Ártemis desfere seu tiro certeiro, sem saber que era Órion quem nadava no mar. Quando o corpo do gigante morto é trazido até a costa, as lágrimas de Ártemis fazem com que seja transformado numa constelação. Ver também *Ártemis*.

Pafos. Antiga cidade na ilha de Chipre, foi sede de um importante centro de culto a Afrodite. Entre os autores antigos, a deusa frequentemente recebe o nome de *Cípris* ou *Cípria*, isto é, "nascida em Chipre".

Palas. Epíteto da deusa Atena, associada à sabedoria, ao conselho, à tecelagem e à guerra.

Palêmon. Ver *Ino*.

Pigmalião. Escultor da ilha de Chipre, cria uma estátua tão perfeita que acaba se apaixonando por ela. A principal fonte do mito é Ovídio (*Metamorfoses* 10. 243 em diante).

Sífnios. Os sífnios, ou sifnianos, eram os habitantes da ilha grega de Sifnos, conhecida na Antiguidade por suas jazidas de ouro, prata e chumbo. Com a prosperidade da cidade, os sífnios ergueram um tesouro monumental no santuário de Delfos, destinado a abrigar as valiosas oferendas que enviavam ao oráculo. Delfos era também sede dos Jogos Píticos, uma das quatro competições pan-helênicas, que incluíam provas atléticas e concursos poéticos e dramáticos. Ali foi encontrada a estátua de bronze conhecida como o Auriga de Delfos, à qual

H. D. se refere em detalhe no ensaio *Notas sobre pensamento e visão*, e que representa um jovem conduzindo uma quadriga, provavelmente em celebração a uma vitória nos jogos.

Sitalcas. "Protetor do trigo", epíteto de Apolo em Delfos registrado por Pausânias na *Descrição da Grécia* (10. 15.2).

Telesila. Poeta lírica de Argos, incluída no cânone de poetas mulheres elaborado por Antípatro da Tessalônica (*Antologia grega* 9. 26). Segundo os relatos de Plutarco (*As virtudes das mulheres* 245) e Pausânias (*Descrição da Grécia* 2. 20. 8-9), quando Cleômenes I, rei de Esparta, atacou Argos e derrotou seu exército em 494 a.C., Telesila teria convocado as mulheres, os idosos e os escravizados da cidade e organizado uma resistência junto às muralhas, forçando os espartanos a recuar.

Teseu. Herói ateniense conhecido por derrotar o minotauro no labirinto de Creta com a ajuda de Ariadne. Ao retornar a Atenas, abandona Ariadne na ilha de Naxos. Ver também *Hipólita*.

Tétis. Uma das nereidas, divindades marinhas filhas de Nereu e Dóris. Sua figura ganha relevo nos épicos homéricos como a devotada mãe de Aquiles, o herói da *Ilíada*, a quem protege e assiste ao longo da Guerra de Troia.

Fontes dos poemas

Todos os poemas foram traduzidos de Hilda Doolittle (H. D.). *Collected Poems: 1912-1944*. Org. de Louis L. Martz. Nova York: New Directions, 1983.

JARDIM DO MAR / *SEA GARDEN* (1916)

Hermes dos caminhos

O DEUS / *THE GOD* (1913-1917)

O deus
Adônis
Pigmalião
Eurídice
Oréade
A poça
Nascer da Lua
Órion morto
Hermônax
Sitalcas
O tributo

HÍMEN / *HYMEN* (1921)

Deméter
Tétis
Circe
Leda
Hipólito temporiza
Heróis do mar
Evadne
Canção
Fedra
Ela contrasta Hipólita consigo
Ela censura Hipólita

HELIODORA (1924)

Sátiro sagrado
Laís
Heliodora
Helena
Canção do centauro
Tétis
Em Ítaca
Depois de Troia
Cassandra
Epigramas
Em Elêusis
Telesila
Lete
O auriga

DIREÇÃO EDITORIAL Fernanda Diamant e Rita Mattar
COORDENAÇÃO DA COLEÇÃO E EDIÇÃO Tarso de Melo
COORDENAÇÃO EDITORIAL Juliana de A. Rodrigues
ASSISTENTE EDITORIAL Rodrigo Sampaio
PREPARAÇÃO Stephanie Fernandes
REVISÃO Eduardo Russo
DIRETORA DE ARTE Julia Monteiro
PROJETO GRÁFICO Alles Blau
EDITORAÇÃO ELETRÔNICA Página Viva

FSC
www.fsc.org
MISTO
Papel | Apoiando o manejo florestal responsável
FSC® C011095

A marca FSC® é a garantia de que a madeira utilizada na fabricação do papel deste livro provém de florestas gerenciadas de maneira ambientalmente correta, socialmente justa e economicamente viável e de outras fontes de origem controlada.

ipsis

CIP-BRASIL. CATALOGAÇÃO NA PUBLICAÇÃO
SINDICATO NACIONAL DOS EDITORES DE LIVROS, RJ

D743e

Doolittle, Hilda [H. D.], 1886-1961
Eurídice e outros poemas / Hilda Doolittle [H. D.] ; organização, tradução do inglês e posfácio por Camila de Moura. — 1. ed. — São Paulo : Círculo de Poemas, 2025.

ISBN: 978-65-6139-094-1

1. Poesia de língua inglesa. I. Moura, Camila de. II. Título.

CDD: 811
25-100078.0 CDU: 82-1(73)

Meri Gleice Rodrigues de Souza — Bibliotecária — CRB-7/6439

circulodepoemas.com.br
fosforoeditora.com.br

Editora Fósforo
Rua 24 de Maio, 270/276, 10º andar
01041-001 — São Paulo/SP — Brasil

CÍRCULO DE POEMAS

O **Círculo de Poemas** é a coleção de poesia da Editora Fósforo que também funciona como clube de assinaturas. Seu catálogo é composto por grandes autores brasileiros e estrangeiros, contemporâneos e clássicos, além de novas vozes e resgates de obras importantes. Os assinantes do clube recebem dois livros por mês — e dão um apoio fundamental para a coleção. Veja nossos últimos lançamentos:

LIVROS

O Kit de Sobrevivência do Descobridor Português no Mundo Anticolonial. Patrícia Lino.

Se o mundo e o amor fossem jovens. Stephen Sexton (trad. Ana Guadalupe).

Quimera. Prisca Agustoni.

Sílex. Eliane Marques.

As luzes. Ben Lerner (trad. Maria Cecilia Brandi).

A extração dos dias: poesia 1984-2005. Claudia Roquette-Pinto.

Noite devorada. Mar Becker.

Por isso as papoulas. Andreev Veiga.

Voo breve sob o sol. Ana Costa dos Santos.

História das crianças. Rafael Zacca.

ALUVIÃO. davi de jesus do nascimento.

A cor da pele: poesia reunida. Adão Ventura.

PLAQUETES

Cacto na boca. Gianni Gianni.

O clarão das frestas: dez lições de haicai encontradas na rua. Felipe Moreno.

Mostra monstra. Angélica Freitas.

é perigoso deixar as mãos livres. Isabela Bosi.

A língua nômade. Diogo Cardoso.

Dois carcarás. Leandro Durazzo.

Muchacho e outros poemas. Rodrigo Lobo Damasceno.

As cidades. Caetano W. Galindo.

Outras peles. Lucas Guimaraens.

Makunaimã morî mai: palavras belas de Makunaimã. Trudruá Dorrico.

a quatro mãos. Roy David Frankel e Yasmin Nigri.

Dendorí: dar corpo ao poema — e vice-versa. Ricardo Aleixo.

CÍRCULO
DE POEMAS

Este livro foi composto em GT Alpina
e GT Flexa e impresso pela gráfica
Ipsis em outubro de 2025.
Macias são as mãos do Amor,
macias, macios seus pés.